Intouchables

Ouvrage publié originellement par Simon Pulse,
une marque de Simon & Schuster Children's Publishing Division
sous le titre :
Untouchable

18, rue Barbès, 92128 Montrouge Cedex
ISBN : 978-2-7470-2183-8
Dépôt légal : septembre 2008.
Loi n°49-956 du 16 juillet 1949 sur les publications destinées à la jeunesse.

Kate Brian

Intouchables

Traduit de l'anglais (États-Unis) par Sidonie Van den Dries

BAYARD JEUNESSE

Kate Brian est l'auteur de nombreux romans pour adolescents, dont *Une princesse peut en cacher une autre*, chez Bayard Jeunesse, collection Millézime.
Dans la série *Campus*, vous pouvez lire *Bienvenue à Easton* (vol. 1) et *Sur invitation* (vol. 2).

Comédie

Mon premier enterrement. Mon premier enterrement était celui du premier homme à m'avoir vue nue. C'était un peu difficile à digérer.

Ce n'étaient pas les funérailles d'un grand-père, ni celles d'une grand-tante éloignée, ridée comme une vieille pomme ; c'étaient celles de Thomas. Thomas Pearson, mon premier camarade à Easton. Le premier ici à m'avoir témoigné de la sympathie. Le sublime, le ténébreux, le passionné Thomas Pearson. Le mec avec qui j'avais passé ma première nuit.

Un flot incessant d'images me traversait l'esprit ; un tourbillon que j'étais incapable d'interrompre, en dépit de mes efforts. Je revoyais Josh Hollis sortir du brouillard et m'annoncer sa mort. Je repensais à la lettre que Thomas m'avait laissée, dans laquelle il me confiait qu'il partait se soigner. Quelle idiote j'étais de l'avoir cru ! La dernière fois que je lui avais parlé, c'était devant le bâtiment Bradwell, où se trouvait alors mon dortoir. Il me semblait qu'une éternité s'était écoulée depuis. Je ne logeais même plus à Bradwell. Thomas n'avait pas vu ma nouvelle chambre à Billings, et il ne la verrait jamais. Et pour cause : il était allongé, froid et raide, dans un cercueil. Un cercueil enterré quelque part. Ses parents avaient décidé de l'inhumer dans la plus stricte intimité, et j'ignorais où. Je savais seulement qu'il était quelque part sous terre. En train de se décomposer.

Chaque fois que j'y pensais, je me mettais à suffoquer.

– Qu'est-ce qui t'arrive ? me demanda Noëlle Lange.

Nous étions debout devant la grande cheminée de marbre qui ornait l'un des quatre salons du luxueux appartement des Pearson, dans le Upper East Side de Manhattan. Plusieurs élèves de notre lycée me dévoraient des yeux, comme ils n'avaient cessé de le faire depuis la disparition de Thomas. À croire qu'ils salivaient d'avance à l'idée de me voir craquer. Ils pouvaient toujours attendre : pour l'instant, je n'avais pas versé une seule larme en leur présence, et je n'étais pas près de leur donner cette satisfaction.

J'attendis pour répondre à Noëlle que mon angoisse se dissipe un peu.

– Rien de spécial, lui dis-je. C'est juste que ça recommence...

– Tu es encore sous le choc, murmura Ariana Osgood d'une voix apaisante. C'est tout à fait normal.

Noëlle l'approuva et me posa une main affectueuse sur l'épaule. Ça alors... Noëlle me réconfortait ! C'était une grande première. Jusque-là, elle m'avait surtout gratifiée de ses sarcasmes et autres moqueries. Et ce n'était pas tout : son expression aussi semblait plus douce que d'habitude, moins menaçante. Elle était très élégante, bien sûr, avec son pull ras du cou en cachemire gris et sa jupe noire toute simple. Mais le fait qu'elle ait laissé ses cheveux châtains détachés adoucissait ses traits. Elle avait aussi renoncé à se maquiller, ce qui la rajeunissait considérablement. Pour une fois, elle faisait presque son âge, c'est-à-dire guère plus que le mien.

Je jetai un coup d'œil autour de moi. Il faisait une chaleur étouffante dans la pièce, et j'étais comme engourdie. Les centaines de convives venus assister à cette veillée funèbre allaient et venaient dans ce cadre opulent, à l'atmosphère feutrée. Tirés à quatre épingles dans leurs costumes de grands couturiers et leurs élégantes robes noires, ils sirotaient du vin et conversaient à mi-voix. Outre les messieurs grisonnants et des dames botoxées, plusieurs dizaines d'élèves du lycée étaient présents, et semblaient tous bouleversés, en état de choc. À l'instar de Noëlle, certaines des plus ferventes adeptes de Shiseido n'avaient pas pris la peine de se maquiller. Assises sur les sofas moelleux, elles se tamponnaient les yeux avec leurs mouchoirs et se consolaient mutuellement. Quant aux garçons, ils erraient les mains dans les poches, la mine sinistre. Jamais je ne les avais vus aussi peu sûrs d'eux. « Si Thomas Pearson a pu mourir, devaient-ils se dire, nous ne sommes peut-être pas aussi invincibles que nous le pensions. » La dure réalité venait de s'imposer à ces gosses de riches, qui évoluaient dans un monde de rêve où rien ne semblait pouvoir les atteindre.

– C'est d'un glauque ! s'écria Kiran Hayes en agitant son verre de vin avec effronterie. On n'a pas vu autant de monde pour la mort du pape ! On dirait qu'ils sont tous fascinés comme des malades parce que c'était un gamin.

Elle inclina son verre et le vida d'un trait. Kiran, authentique top model, était la fille la plus belle que j'avais jamais vue. Cela dit, pour l'avoir fréquentée depuis un mois, je commençais à penser qu'elle était aussi la plus susceptible de finir en centre de désintoxication. Plusieurs mèches brunes s'étaient échappées de son chignon sophistiqué et son regard vert se perdait dans le vague, mais sa beauté n'en était pas moins frappante. Tous les individus de sexe masculin la regardaient à la dérobée, aussitôt que l'occasion se présentait.

– Je vous parie qu'une de ces blondes coincées prépare un article pour la presse, lança Noëlle à la cantonade. Un bon gros scandale de lycée, ça les fait baver.

Ah, voilà : je retrouvais la Noëlle que je connaissais… et que je craignais.

– Noëlle ! la réprimanda Ariana, dardant sur elle ses yeux bleus perçants.

Avec ses cheveux blonds coiffés en chignon, sa tenue sombre et ses boucles d'oreilles serties de diamants, Ariana paraissait moins évanescente que de coutume.

– Quoi ? Personne ne m'a entendue, protesta Noëlle en balançant ses longs cheveux derrière son épaule. Et je suis sûre que j'ai raison. Vous verrez : la « tragédie Thomas Pearson » s'étalera sur quatre pages dans le *Hamptons Magazine* du mois prochain.

– J'ai du mal à croire que ce sujet intéresse les journaux, objectai-je. Thomas n'était pas célèbre, ni rien.

– Mais il était du coin, dit Noëlle en soupirant d'un air las.

À ces mots, Taylor Bell, qui avait passé la journée à renifler et à pleurer en silence, fondit de nouveau en larmes. Elle enfouit son visage d'angelot encadré de boucles blondes dans un mouchoir. Ariana lui frotta les bras.

Les sanglots de Taylor me mettaient mal à l'aise, et je me détournai. Ces filles n'aimaient pas Thomas. Pire : elles le haïssaient, et m'avaient vivement incitée à rompre avec lui. Pourtant, aujourd'hui, elles se lamentaient comme les autres. À les voir ainsi éplorées, on aurait pu penser qu'elles regrettaient sincèrement sa disparition.

Cela dit, elles avaient beau le détester, Thomas était l'un des leurs. Ils se connaissaient depuis des années. Le chagrin des filles Billings était donc légitime. Je m'étonnais juste des proportions qu'il prenait.

Mes yeux fatigués se posèrent par hasard sur Missy Thurber. Adossée à un mur au papier peint élégant, vêtue d'un tailleur noir, elle avait le nez rouge et les narines plus dilatées que jamais. Lorna Gross, qui rôdait toujours dans ses parages, lui chuchotait quelque chose à l'oreille. En voyant leurs mines lugubres, il me vint l'envie irrésistible de leur lancer quelque chose à la figure. De quel droit ces deux pimbêches étaient-elles tristes ? Ni l'une ni l'autre n'avait jamais adressé la parole à Thomas.

Entre ce spectacle révoltant et les crises de larmes à répétition de Taylor, je commençais vraiment à saturer. C'est alors que j'aperçus Constance Talbot, mon ancienne camarade de chambre, qui venait à ma rencontre. La dernière fois que j'avais vu Constance, elle m'avait reproché entre deux sanglots d'être sortie avec Walt Whittaker, son amour de toujours. Whittaker, qui était là aussi quelque part, en train de discuter avec des adultes, son passe-temps favori. Whit et moi n'étions plus ensemble – en admettant qu'on l'ait été un jour –, mais Constance ne le savait peut-être pas.

Je me redressai, tendue. Constance franchit d'un pas pressé la distance qui nous séparait encore et se jeta à mon cou.

– Reed ! Je suis tellement, tellement, tellement désolée ! chevrota-t-elle sur mon épaule.

Ma surprise fut telle qu'il me fallut un moment pour réagir et l'étreindre à mon tour. Je la serrai de toutes mes forces. Son geste d'amitié me soulageait autant qu'il me déconcertait. Apparemment, Constance comptait plus pour moi que je ne l'avais cru.

– Merci, lui dis-je lorsqu'elle se recula.

Ses yeux verts étaient brillants et bordés de rouge. Ses boucles rousses étaient attachées en queue de cheval. Je n'aurais su dire si elle était plus pâle que d'ordinaire ou si c'était un effet de l'éclairage, mais ses taches de rousseur ressortaient davantage, lui donnant un air précieux.

– Ça va ? me demanda-t-elle en se mordant la lèvre.

– Ouais. Je crois... Je ne sais pas.

Je ravalai un sanglot avant d'ajouter :

– C'est juste un peu surréaliste.

« Surréaliste » était un mot bien faible pour décrire ce que je ressentais, mais c'était le premier qui m'était venu à l'esprit. Toutes les deux secondes, j'étais en proie à une émotion nouvelle et intense. À peine quarante-huit heures plus tôt, dans le train qui nous ramenait de New York à Easton, je confiais à Josh, le camarade de chambre de Thomas, que j'avais fait une croix sur ma relation avec lui. Que je passais à autre chose. Et j'étais très fière de cette décision. Après tout, Thomas avait pris la poudre d'escampette sans me prévenir. Sans même daigner me dire au revoir.

J'avais trouvé une lettre de lui quelque temps après son départ, mais elle avait suscité plus de questions qu'elle n'avait apporté de réponses. Pendant de longues semaines, Thomas n'avait pas jugé utile d'entrer en contact avec moi, ne fût-ce que pour me rassurer sur son compte. J'avais décidé que je perdais mon temps avec un mec comme lui. Que je méritais mieux.

Puis j'avais découvert que si Thomas ne m'avait pas donné de nouvelles, c'était parce qu'il était mort. Depuis, chaque fois que je repensais à mon indignation, à ma fureur et à ma certitude d'avoir la morale pour moi, une terrible culpabilité m'envahissait.

– Ça doit être encore plus difficile de ne pas savoir ce qui lui est arrivé, dit Constance.

Elle se campa à mes côtés et balaya la pièce du regard.

– Tu m'étonnes, John ! claironna Kiran.

Elle prit un nouveau verre de vin sur le plateau d'un serveur et le vida à demi.

– Kiran, moins fort ! la réprimanda Ariana.

– Quoi ? Je dis juste que j'aimerais savoir comment c'est arrivé ! insista Kiran. Vous ne vous sentiriez pas mieux, vous aussi, si vous saviez ce qu'ils en pensent ? S'ils ont une théorie…

– Arrête, tu commences à radoter, dit Ariana en lui confisquant son verre.

Elle le posa sur le rebord de la cheminée, hors d'atteinte. Kiran le contempla avec regret.

– Je me demande si ses parents ont des infos, enchaîna Noëlle en plissant les yeux.

Au même moment, Mme Pearson entra en trombe dans la pièce et alla chuchoter quelque chose à l'oreille du traiteur.

– Ils ont quand même dû mettre la famille au courant, j'imagine, reprit Noëlle.

Personne ne lui répondit. Qui sait comment fonctionnait le système judiciaire ?

M. Pearson, un bel homme aux cheveux argentés, rejoignit son épouse.

– Regardez-les, dit Kiran en les désignant du menton. Ils papotent tranquillement, comme s'ils organisaient une vente de charité. Le jour où je mourrai, j'espère que mes parents seront un peu plus tristes.

Elle interpella sèchement un serveur et se procura un nouveau verre de vin. Ariana leva les yeux au ciel.

– Kiran, tu exagères, murmura Taylor, la mâchoire tremblante.

– Quoi ? Je n'ai rien dit de spécial, se défendit celle-ci en roulant les yeux.

– C'est vrai que c'est glauque, admit Noëlle.

Je regardai Mme Pearson glousser et poser doucement une main sur le bras d'une amie. Son époux consulta sa montre et regarda autour de lui, cherchant sans doute un interlocuteur plus intéressant. Soudain, mon pouls s'emballa et devint si rapide que j'eus du mal à respirer. Ma peau me brûlait.

Ces gens avaient perdu leur fils unique et paraissaient tout sauf effondrés.

Je me détournai et mon regard s'arrêta sur un grand type carré, d'environ mon âge. Il était adossé à un mur, seul, et me fixait intensément. Je me dépêchai de regarder ailleurs, pensant que nos yeux s'étaient croisés par hasard. Quand je lorgnai de nouveau vers lui, je m'aperçus qu'il m'observait encore. Il avait le visage émacié, la peau d'un blanc de chaux, et des yeux bleus bordés de rouge. Ses cheveux bruns étaient coiffés en arrière et il portait un costume noir. Dans la pénombre, avec une musique sinistre, on aurait pu le prendre pour un vampire guettant sa proie. J'attendis en vain qu'il se détourne. Il me fixait ostensiblement.

– C'est qui, ça ? finis-je par demander à Noëlle.

– Ça ? C'est Blake.

– Blake qui ? Pourquoi me scrute-t-il comme ça ? demandai-je, sur la défensive.

– Blake Pearson, précisa Noëlle. Le frère de Thomas…

Le sol se déroba sous mes pieds. Je m'appuyai contre le mur, craignant de m'évanouir. Je n'étais pas sûre de pouvoir encaisser un tel choc.

– Tu peux répéter ?

– Thomas ne t'a pas dit qu'il avait un frère aîné ? s'étonna Noëlle. Décidément, ce garçon aimait les cachotteries.

– Pourquoi Thomas lui aurait-il parlé de Blake ? demanda

Ariana, qui s'approchait en se massant la nuque. Ils se détestaient cordialement.

– Ah bon ? fis-je, complètement sonnée.

Je voulais en savoir plus, mais j'étais trop retournée pour formuler une question. Blake avait-il parlé à Thomas avant sa mort ? Que savait-il ?

Lorsque je le cherchai de nouveau des yeux, Blake Pearson avait disparu. Je frissonnai.

– Vous vous rappelez leur dispute historique, quand Thomas est entré en troisième ? dit Kiran d'une voix traînante. J'ai bien cru qu'ils allaient s'entretuer.

D'un regard, Ariana lui intima le silence. Elle devait juger ce commentaire de mauvais goût.

– Que s'est-il passé ? demandai-je.

– Blake sortait avec la secrétaire du doyen, et Thomas l'a menacé de le dire à leurs parents. Le coup classique du petit frère qui veut devenir le chouchou de papa-maman, expliqua Noëlle.

– Attendez, attendez ! Le frère de Thomas sortait avec Mlle Lewis-Hanneman ? Mais elle est... vieille.

– Ouais, mais elle est super-sexy, dit Kiran. Et elle n'est pas si vieille que ça. À peine la trentaine... Elle est sur la mauvaise pente, c'est vrai, mais elle n'est pas encore bonne pour la décharge.

– Si on changeait de sujet ? intervint Ariana, remarquant que certains adultes nous fixaient.

J'avais l'impression d'être en plein délire. Thomas avait un frère. Un frère aîné qui ne pouvait pas le sentir. Pourquoi Blake m'avait-il dévisagée ? Que savait-il de moi ? Thomas s'était-il confié à lui ? J'avais cru le connaître, et je découvrais aujourd'hui qu'il avait un frère auquel il n'avait jamais fait allusion. Encore un mystère qui ne serait jamais élucidé.

– Il faut que je sorte, dis-je en m'arrachant au mur.

Je me frayai un passage dans la foule. De l'autre côté de la pièce, je trouvai Josh en train de discuter avec des camarades du lycée. Il avait dompté ses boucles blondes à grand renfort de gel, et son costume bleu le faisait paraître plus grand et légèrement plus carré que d'habitude.

Alors que j'étais arrivée à New York en compagnie des filles Billings, dans une limousine mise à notre disposition par les parents de Dash McCafferty, Josh était venu dans sa propre Range Rover, qu'il garait à l'extérieur du lycée. Il avait dû prévoir que soit lui, soit l'un de ses amis se lasserait de cette comédie et voudrait mettre les voiles plus tôt que prévu. Ce garçon avait un don.

– Salut ! dis-je en lui effleurant le bras.

Josh écarquilla ses yeux bleus.

– Ça va, Reed ?

Le simple fait d'être près de lui me fit du bien. Josh était solide, rassurant, équilibré. Je pouvais compter sur lui pour prendre les choses en main.

– Ça va, dis-je avec fermeté. Il faut juste que je parte d'ici. Est-ce qu'on peut s'en aller ?

– Bonne idée, fit-il. Allons-y !

Il posa son verre d'eau sur la table la plus proche, échangea quelques mots avec ses camarades et me mit une main au creux des reins. Puis il m'escorta jusqu'à la cheminée, où mes amies rassemblaient leurs affaires.

– Vous voulez partir ? leur demanda-t-il.

– Mon héros ! s'exclama Noëlle, ironique.

– Dans ta voiture ? demanda Taylor, les yeux encore humides.

– Oui, dans sa voiture ! Qu'est-ce que tu crois, qu'il va détourner un hélicoptère pour toi ? répliqua Noëlle.

Kiran roula les yeux et termina son verre récupéré sur le rebord de la cheminée.

– Il ne manquait plus que ça, maugréa-t-elle.

Ces filles étaient vraiment incroyables ! Cela les chiffonnait-il à ce point de passer deux heures ailleurs que dans une limousine ? Si elles étaient restées cinq minutes chez moi à Croton, elles se seraient probablement couvertes d'urticaire.

– Où sont Dash et Gage ? demanda Josh.

– On s'en fiche ! déclara Noëlle, scellant en quatre mots le sort de son petit ami. Ce sont de grands garçons, ils peuvent se débrouiller sans nous. Fichons le camp d'ici.

– Tu veux venir, Constance ? demandai-je.

Constance regarda avec méfiance les quatre filles qui m'entouraient – les filles les plus puissantes du lycée. Elle était visiblement intimidée.

– Merci, dit-elle, mais j'ai prévu de dîner avec mes parents et les Whittaker ce soir. Ils me raccompagneront à l'école.

– Ah bon ?

En toute autre circonstance, cette information m'aurait fait sourire jusqu'aux oreilles.

– C'est une idée de nos parents, ajouta Constance en rougissant.

Je songeai que plus tard, quand j'aurais retrouvé un peu d'énergie et de curiosité, il faudrait que je la cuisine sur le sujet. En attendant, je pouvais toujours me réjouir de la bonne nouvelle : notre brouille au sujet de Whittaker n'était plus qu'un mauvais souvenir.

– Bon, alors, on se retrouve à Easton, dis-je.

Là-dessus, je fis une chose tout à fait inédite pour moi : je serrai une amie contre mon cœur.

Puis je devins littéralement obsédée par l'envie de quitter cet appartement où j'étouffais. Alors que nous nous dirigions vers la sortie, Ariana parut se raviser et fit brusquement demi-tour.

– Où tu vas ? lui demandai-je.

– Il faut leur présenter nos condoléances, dit-elle pardessus son épaule. On n'est pas des sauvages, quand même !

Je la suivis à contrecœur. Elle s'approcha de Mme Pearson, qui discutait avec une femme aux traits chevalins affublée d'un dentier impressionnant.

– Oui, oui, bien sûr ! disait-elle. C'est la seule période de l'année où l'on peut aller à Paris. Le reste du temps, c'est bondé de touristes.

– Trina ne se considère plus comme une touriste en Europe depuis le jour où elle a acheté son premier ensemble de haute couture, précisa M. Pearson en clignant de l'œil à l'intention de son ami.

– Nous y serions aujourd'hui, s'il n'y avait pas eu tout ce chambardement, dit son épouse en désignant l'assemblée d'un geste léger.

Mon cœur se serra. Je n'en croyais pas mes oreilles. Ces gens-là plaisantaient de leurs habitudes de voyage comme si de rien n'était, et considéraient la veillée funèbre de leur fils comme un banal inconvénient. C'était trop pour moi.

– Allez, finissons-en, et qu'ils aillent au diable ! me chuchota Noëlle à l'oreille, tandis qu'Ariana serrait poliment les mains du Mal incarné.

Je me présentai à mon tour devant les Pearson, rouge de fureur. Au fond, je crois que j'espérais qu'ils me reconnaîtraient. Après tout, j'étais auprès d'eux quand ils s'étaient aperçus que Thomas manquait à l'appel. Leur fils m'avait invitée à déjeuner avec eux pour que nous fassions connaissance. N'était-ce pas la preuve que je comptais pour lui ? Pourtant, quand les yeux froids et durs de Trina Pearson se posèrent sur moi, ils n'exprimèrent rien de spécial, sauf peut-être un soupçon de déplaisir. Apparemment, ma petite robe noire et mes cheveux châtains sans mèches ne correspondaient pas à ses critères. Voilà le genre de choses qui lui occupaient l'esprit ce jour-là, alors qu'on venait d'enterrer son fils. Enfin… ça et Paris.

– Toutes mes condoléances, marmonnai-je entre mes dents.

Ce fut un miracle si je résistai à l'envie de lui écraser les orteils avant de faire demi-tour pour gagner la sortie.

Bombe à retardement

Josh régla son siège et consulta le rétroviseur pour la dixième fois. Derrière nous, la file des voitures qui patientaient pour sortir sur la 81e Rue s'allongeait.

– C'est quand tu veux, Hollis..., soupira Noëlle en posant un bras sur le tableau de bord.

Bien entendu, elle s'était assise à l'avant sans le proposer à personne.

– Désolé, fit Josh. Quand j'ai récupéré ma voiture à Easton, le siège était complètement rabattu vers l'avant, je ne sais pas pourquoi. Je n'ai pas encore réussi à le remettre dans la bonne position, celle qui me va.

Kiran coula un regard oblique vers ses amies, comme si cette nouvelle la contrariait. Ariana la fixa un long moment et Kiran se détendit. Les yeux pénétrants d'Ariana avaient de multiples pouvoirs.

– Super. Tu es trop fauché pour investir dans des sièges à mémoire, et c'est nous qui souffrons, ronchonna Noëlle.

– Lâche-moi, Lange, siffla Josh entre ses dents. J'ai autant envie que toi de me tirer d'ici.

Je serrai les poings et tentai de respirer calmement. Je ne parvins qu'à m'emplir les poumons de vapeurs de gas-oil. Moi aussi, j'avais hâte de partir, de laisser tout cela derrière moi. Ma jambe fut prise de soubresauts. La position assise ne me valait rien. Quand j'étais immobile, il me semblait que quelque chose me rongeait le cœur. « Respire, respire, respire ! »

– On étouffe, ici, constata Ariana.

« Sans blague ? »

– C'est la pédale de droite, Hollis, dit Noëlle.

– Arrête de faire ta pétasse ! rétorqua Josh.

Waouh, ce vocabulaire ne lui ressemblait pas.

– Et toi, arrête de jouer les boy-scouts, lui lança-t-elle en retour.

« Respire, respire, respire. »

Derrière nous, une voiture klaxonna, et l'écho se répercuta dans tout le parking. J'étais au bord de la crise de nerfs.

– Josh ? gémis-je.

– C'est bon, c'est bon, on y va ! Rappelez-moi de ne plus jamais monter dans une voiture avec cinq filles.

Alors que nous débouchions dans la rue, je croisai son regard inquiet dans le rétroviseur. Il se faisait du souci pour moi. Je respirais déjà mieux et tentai de lui adresser un sourire rassurant. Hélas, quelque part entre l'ascenseur et le parking, j'avais enfin versé quelques larmes. Elles avaient séché sur mes joues et ma peau me tiraillait, figeant mon expression.

– Hé... sur quoi je suis assise ?

Kiran retira un gant de base-ball de sous son petit derrière parfait. Elle grogna et le balança par-dessus son épaule. Il manqua de peu la tempe de Taylor et rejoignit dans le coffre le reste de l'équipement sportif de Josh.

– Ça t'arrive de nettoyer ta voiture ?

Josh ignora le commentaire et Ariana soupira. Nous nous réfugiâmes ensuite dans un silence épuisé. Tandis que Josh remontait vers le nord à grande vitesse, je regardai par la vitre le Yankee Stadium, sur la rive opposée de l'East River, et tentai de nommer en silence toutes les équipes de base-ball professionnelles que je connaissais. N'importe quoi pour éviter de penser.

Penser que je ne reverrais jamais Thomas. Que nous avions échangé nos derniers mots, notre dernier baiser. Comme j'aurais voulu le savoir, alors...

– Bah, au moins, c'est terminé ! lâcha enfin Kiran.

Je sentis son haleine alcoolisée à cinquante centimètres.

– Ce n'est pas fini, objecta Josh. Thomas est toujours mort.

Cette évidence me fit un coup au cœur. Ariana fixa la

nuque de Josh d'un air de reproche, comme s'il venait de dire quelque chose d'indécent. Il n'avait pourtant pas tort. Ce drame ne serait jamais terminé. Thomas était mort. Pour toujours.

– J'espère que la police va nous dire ce qui s'est passé, murmura Noëlle en regardant dehors. Si ça se trouve, ils n'en ont pas la moindre idée.

– Ça ne serait pas la première fois que les flics seraient à côté de la plaque, signala Josh.

Noëlle se tourna subitement vers lui, comme si une pensée venait de la traverser.

– Tu crois qu'un de ses copains dealers pourrait être impliqué ?

Personne ne broncha. Josh crispa les mains sur le volant. Noëlle venait de formuler une crainte présente à mon esprit depuis que j'avais appris la mort de Thomas. Je m'étais efforcée de l'ignorer, car elle m'évoquait des images horribles. Des images qui me tordaient le ventre et me donnaient des vapeurs. Je voyais défiler les dizaines de scènes effroyables de meurtres, de règlements de comptes et de torture que j'avais vues au cinéma, dans des polars idiots. Je ne supportais pas l'idée que Thomas avait pu perdre la vie dans un déchaînement de violence, aux mains d'un toxicomane dément.

Cependant, Noëlle ne faisait que souligner une évidence. Thomas vendait de la drogue. Quand on retrouve un dealer mort, on ne cherche généralement pas midi à quatorze heures.

– Pour moi, c'est tout à fait possible, dit calmement Ariana.

Josh regarda dans le rétroviseur latéral, enclencha le clignotant et changea de voie. Il s'éclaircit la gorge.

– Personne n'a dit que Thomas a été... Que sa mort est... vous savez...

Je croisai le regard de Kiran et compris qu'elle partageait mon sentiment. Il y avait quelque chose de tellement horrible dans le mot « assassinat » que personne n'osait le prononcer.

Noëlle souffla bruyamment.

– Arrête, Hollis ! Qu'est-ce que tu crois ? Qu'il est mort de mort naturelle ? Un mec de dix-sept ans ? En pleine forme ? Je sais que tu es bien le dernier à vouloir t'aventurer sur ce terrain, mais soyons réalistes...

Josh tourna la tête à 180 degrés pour la fusiller du regard. Elle l'ignora royalement.

– Regarde devant toi, Hollis. Sauf si tu veux *tous* nous tuer, dit-elle.

La mâchoire serrée, Josh reporta son attention sur la route. Pendant deux bonnes minutes, personne ne pipa mot. J'en profitai pour réfléchir à leur petit échange.

– En pleine forme, vraiment ? releva Kiran. Thomas Pearson n'était pourtant pas un modèle de vie saine.

Il avait plus de produits chimiques dans l'organisme ce soir-là que Kate Moss un Premier de l'an.

– Comment peux-tu savoir ce qu'il avait dans l'organisme ? l'interpella Josh.

Kiran ramena une mèche de cheveux devant son visage et l'inspecta avant de répondre :

– Ce n'est qu'une supposition... vu le personnage. Pearson avait des saloperies dans l'organisme 24 heures sur 24.

Ça lui allait bien de dire ça ! Je sentis la moutarde me monter au nez. Personne ici n'était-il capable de respecter la mémoire d'un mort ?

– Même s'il était en bonne santé, ça arrive tout le temps..., commença Taylor en posant les mains sur le dossier du siège avant.

Elle serra dans son poing un mouchoir chiffonné avant de poursuivre :

– Des gens de notre âge ont des ruptures d'anévrisme... et même des crises cardiaques !

C'était d'une absurdité telle que je réprimai un petit rire. Espérer que Thomas était mort d'une crise cardiaque. Voilà à quoi nous en étions réduits.

– Si sa mort n'est pas naturelle, alors je suis prête à parier qu'elle a quelque chose à voir avec ce voyou qu'il fréquentait, dit Noëlle.

Quel voyou ? Je ne connaissais aucun voyou.

– Ces types sont des bombes à retardement ambulantes, enchaîna-t-elle. Ils mènent la grande vie en pleine cambrousse sans rien faire de leurs dix doigts. Ils n'ont aucun moyen d'assouvir leurs petites tendances psychotiques. Et en plus, ils ne peuvent pas nous sentir.

– Tu crois que l'un d'eux serait passé à l'acte ? demanda Ariana en haussant une épaule.

– Je dis juste que c'est possible, fit Noëlle en regardant son amie dans le rétroviseur.

Je me forçai à inspirer profondément. Je n'arrivais plus à faire barrage aux images épouvantables qui m'assaillaient. Du sang. Une corde. Un couteau. Un revolver. Un bâillon...

– À ton avis, les flics savent que Thomas dealait ? demanda Noëlle à Josh.

Il se racla de nouveau la gorge. Visiblement, cette conversation lui déplaisait.

– Ça m'étonnerait. Thomas savait brouiller les pistes.

– Alors, il faudrait que quelqu'un les mette au courant, poursuivit Noëlle.

Son ton était aussi désinvolte que si elle nous avait suggéré de nous arrêter pour manger une glace.

– Tu voudrais qu'on aille le dénoncer ? lâchai-je à brûle-pourpoint.

– Oh, comme c'est mignon ! Tu as quel âge, Reed ? Cinq ans ? ironisa Noëlle. Qu'est-ce que ça peut bien lui faire, maintenant ? Ils ne risquent plus de l'arrêter pour le jeter en taule.

Tout le monde se tut. Noëlle devenait un peu trop acerbe à mon goût.

– Je suis sérieuse ! insista-t-elle. Si ce taré a quelque chose à voir avec la mort de Pearson, il faut que la police l'arrête et l'interroge. Sauf si vous préférez qu'il s'en tire pépère.

Je regardai Josh du coin de l'œil. Devions-nous révéler au monde entier que Thomas vendait de la drogue ? Ne méritait-il pas de reposer en paix ? Ne devions-nous pas préserver son image de parfait petit lycéen ?

– Ses parents en seraient malades, murmura-t-il. Je ne peux pas leur faire ça.

– Tu ne dois rien à ces bouffons sans cœur, souligna Noëlle.

Le visage de Josh se décomposa, ce qui me fit dire que les choses n'étaient peut-être pas aussi simples.

« Tiens, tiens... »

– Thomas est mort, dit Kiran, le regard trouble. Vous ne croyez pas que celui qui l'a tué doit rendre des comptes à la justice ?

Taylor étouffa un sanglot, s'enfonça dans son siège et se remit à pleurer.

– Ça va ? lui demandai-je.

J'avais parlé sans réfléchir, mais Taylor ne releva pas.

Elle hocha simplement la tête et prit un nouveau mouchoir dans la boîte posée à ses pieds.

– C'est tellement triste, hoqueta-t-elle. Je voudrais que rien de tout cela ne soit arrivé. Je voudrais que…

La suite était inintelligible.

Peu à peu, le silence retomba. Nous regardâmes le paysage défiler derrière les vitres, tandis que les sanglots de Taylor s'apaisaient.

Grosse Phoebe

Quand j'entrai dans ma chambre à Billings, le soleil commençait tout juste à décliner. Je fus surprise d'éprouver un tel soulagement en refermant la porte. Je me sentais enfin chez moi dans cette pièce au parquet luisant, à l'immense baie vitrée, où flottait le parfum de lavande cher à Natasha.

Deux secondes plus tard, la porte se rouvrit et celle-ci entra, son portable à la main. Il ne fonctionnait pas dans notre chambre, ce qui l'obligeait à monter sur le toit du bâtiment pour passer ses appels.

– Salut.

C'est fou ce que deux syllabes peuvent exprimer de sympathie ! Natasha me contourna pour voir mon visage et évaluer mon état psychologique.

– Salut, répondis-je en balançant mon sac sur mon bureau.

– C'était comment ? se renseigna-t-elle.

Je soupirai et me laissai tomber sur le coin de mon lit. Mes pieds gémirent de contentement lorsque j'ôtai les escarpins que j'avais empruntés à Kiran. Cette fille possédait un nombre incalculable de paires de chaussures, qui étaient toutes de véritables instruments de torture.

– C'était... euh... affreux.

Natasha s'assit sur son lit, de sorte que nous nous retrouvâmes face à face, chacune d'un côté de la vaste pièce.

– Je suis désolée de ne pas être venue, dit-elle. Je ne supporte plus les enterrements.

– « Plus » ?

Elle prit une profonde inspiration.

– J'ai perdu un proche il y a quelques années. Depuis, j'essaie d'éviter ce genre de réjouissances.

Ma curiosité était piquée, mais je devinai qu'elle ne voulait pas s'étendre sur le sujet et je me gardai d'insister. J'étais bien placée pour savoir combien c'était désagréable.

– Mais bon, si tu veux en parler..., enchaîna Natasha avec hésitation. Je sais qu'on n'a pas toujours été en très bons termes, mais...

J'éclatai de rire, et elle m'imita. « Pas en très bons termes. » C'était un euphémisme pour qualifier nos relations passées. Peu après mon entrée à Billings, Natasha m'avait soumise à un chantage pour m'obliger à fouiller les chambres de mes amies. Une pratique odieuse que je lui avais pardonnée lorsque j'avais appris qu'elle avait elle-même subi un chantage pour la convaincre de me faire chanter.

Finalement, tout ceci m'avait permis de faire davantage connaissance avec ma nouvelle camarade de chambre. Lesbienne déclarée, Natasha avait une petite amie qui cachait son homosexualité, et semblait prête à tout pour la protéger.

Elle aussi me connaissait mieux, à présent. Elle me savait capable de garder un secret. Elle avait découvert que j'étais loyale envers mes amies. À un moment de notre pénible parcours, je lui avais accordé ma confiance... non sans une certaine réserve.

– Enfin, je veux dire... comment te sens-tu ? demanda-t-elle.

Je grognai, me renversai sur mes oreillers et fixai le plafond.

– Tu as un an à me consacrer ?

– Bien sûr !

Sans blague ? Peut-être était-elle vraiment disposée à m'écouter...

– Bon, d'accord.

J'énumérai sur mes doigts mes différents sentiments :

– Je me sens... horriblement triste de ne pas avoir eu l'occasion de lui dire au revoir ; furieuse qu'il soit parti ;

coupable d'être furieuse, encore plus furieuse contre ses parents et tous les hypocrites qui font semblant d'être effondrés, et enfin – et surtout – fatiguée et anéantie. Et j'ai peur de ne jamais arrêter de me sentir aussi mal. Voilà. Je crois que j'ai fait le tour...

Natasha fronça les sourcils et hocha la tête.

– Ça me paraît normal, tout ça.

– Ah, attends, j'ai oublié quelque chose ! m'écriai-je en me redressant.

J'enfonçai mes mains dans le couvre-lit. Mes cheveux crépitaient presque d'électricité statique, mais qu'importe.

– Il y a aussi la culpabilité... La culpabilité d'avoir décidé que je perdais mon temps à m'inquiéter pour Thomas. La culpabilité de lui en avoir voulu de ne pas me donner de nouvelles, alors qu'en fait, il était...

Ma gorge se serra.

– Il était... Oh, et merde !

Je fermai les yeux et sentis des larmes affluer sous mes paupières. Natasha se leva et vint s'asseoir près de moi.

– Ça va aller, dit-elle.

– Non, ça ne va pas aller ! hurlai-je.

Et soudain, la digue se rompit. Des larmes brûlantes jaillirent de mes yeux et j'éclatai en sanglots. Je voulais les retenir, mais c'était impossible.

– Je n'arrive pas à le croire, hoquetai-je. Ce n'est pas possible !

Natasha m'enlaça et me frotta les épaules. Je continuai à pleurer. Je me sentais ridicule, mais c'était plus fort que moi. Rien n'aurait pu m'arrêter. Je revoyais le visage de Thomas ; ses mains ; ses bras autour de moi ; son sourire. Je ne voulais pas admettre que tout cela n'existait plus. Je tentai de reprendre mon souffle et ma gorge me brûla.

Je voulais tout expulser, toute cette colère que j'éprouvais contre les Pearson, contre moi-même, contre Thomas, et même contre Missy Thurber. Il me faudrait les sortir de mon corps pour cesser d'être aussi malheureuse.

Après un temps infini, je commençai à me calmer. Je relevai la tête et essuyai mes yeux du bout des doigts.

– Ça va mieux ? s'enquit Natasha.

Ma respiration était encore saccadée.

– Ouais. Merci.

Je me levai, pris un Kleenex sur mon bureau et me mouchai bruyamment. Je laissai passer quelques sanglots, puis me mouchai de nouveau.

– Tu savais que Thomas avait un frère ? demandai-je.

– Ouais, Blake. Il a eu son diplôme l'an dernier. Pourquoi ? Tu n'étais pas au courant ?

Je reniflai et triturai un instant le mouchoir trempé.

– Non. Il ne m'en a jamais parlé.

– Bah… J'imagine qu'on a tous un parent ou un proche dont on préfère ne pas parler, commenta Natasha.

Elle faisait allusion à Leanne Shore, sa petite amie, mais je pensai aussitôt à ma mère. Ma mère, sans doute allongée dans son lit en train de somnoler, même s'il n'était que quatre heures de l'après-midi. Je voyais d'ici le flacon de gélules ouvert sur sa table de nuit, et il me semblait presque entendre, en fond sonore, une mauvaise émission de télé-réalité. Je me demandais si mon père lui avait parlé des récents événements. Notre dernière conversation téléphonique avait été un peu tendue. Il m'avait fallu vingt bonnes minutes pour le convaincre de ne pas me retirer du lycée. Quand il avait enfin accepté, j'avais ressenti un soulagement infini. Pour rien au monde, je n'aurais voulu retrouver la grisaille de Croton, ma ville d'origine. Qu'importe si un assassin rôdait autour du campus. Easton avec un assassin était encore préférable au lycée de Croton sans assassin.

– Blake était là ? Tu lui as parlé ? me demanda Natasha.

Avant que j'aie pu répondre, la porte s'ouvrit à la volée. Noëlle et Ariana entrèrent, suivies par Rose Sakowitz et les villes jumelles, London Simmons et Vienna Clark. Elles avaient toutes échangé leurs tenues contre des vêtements plus colorés et avaient les bras chargés d'une demi-douzaine de cartons de pâtisserie et de plusieurs bouteilles de champagne.

– Reed Brennan, bienvenue à ta première fête Grosse Phoebe ! s'écria London d'une voix stridente, en brandissant deux bouteilles de champagne.

Sa poitrine opulente n'était pas loin de s'échapper de son décolleté, et elle s'était fait deux couettes. En la voyant dans cette tenue, la plupart des mecs que je connaissais auraient grimpé aux rideaux.

– Euh, les filles..., commença Natasha en roulant les yeux.

– Ts-ts ! c'est le parfait remède contre tous vos soucis, gazouilla Vienna en ouvrant un carton, qui contenait une dizaine d'éclairs au chocolat luisants.

– C'est quoi, une fête « Grosse Phoebe » ? demandai-je.

Je remarquai que Kiran et Taylor étaient absentes. Cela n'avait rien d'étonnant : à notre arrivée sur le campus, elles étaient toutes deux HS, quoique pour des raisons différentes. Elles devaient dormir comme des souches.

– C'est une tradition séculaire, commença Ariana.

– Elle a commencé il y a une dizaine d'années, quand cette fille maniaco-dépressive vivait à Billings..., enchaîna Vienna.

– Elle s'appelait Phoebe Appleby, compléta Rose.

– Un nom difficile à porter, dit Noëlle en simulant un frisson.

– On se demande comment elle était arrivée ici, celle-là, ajouta London.

– Bref, chaque fois que Phoebe était déprimée...

– C'est-à-dire quasiment tous les jours, selon la légende...

– Elle commandait une tonne de gâteaux à la pâtisserie, ouvrait une bouteille de champagne…

– … et organisait une fête « Grosse Phoebe ! » Youhou ! s'écria London en brandissant de nouveau les bouteilles.

– Même si je ne crois pas qu'elle les appelait comme ça, signala Ariana.

– En résumé, c'est « champagne plus chocolat », dit Noëlle.

Elle s'avança vers moi et me passa un bras autour des épaules avant d'ajouter :

– Des quantités indécentes des deux.

– Ça te distraira de tes petits soucis, ajouta Ariana en fronçant délicatement le nez.

« Mes petits soucis. » On aurait pu croire qu'elle parlait d'un ongle incarné…

– Allons-y ! claironna Rose. Il me faut ma dose de chocolat !

Les autres filles l'acclamèrent.

Je me couvris de chair de poule et réprimai une envie de hurler. Ces filles n'avaient-elles pas un gramme de bon sens, faute d'avoir du cœur ? Pensaient-elles vraiment qu'une orgie de sucre et un peu de chahut allaient tout arranger ?

– Désolée, mais je ne suis pas d'humeur à faire la fête, dis-je.

– Quoi ? Pourquoi ? demanda London avec une moue boudeuse.

« Laisse tomber, me raisonnai-je. Ce n'est pas sa faute : elle n'a pas de cerveau. »

– Parce que… je suis fatiguée. Épuisée, même. J'ai seulement envie d'aller me coucher.

Noëlle me regarda d'un air de reproche. Elle n'avait pas l'habitude qu'on lui refuse quoi que ce soit.

– Reed…

– Faites la fête si vous voulez, mais sans moi, dis-je en les poussant vers la porte.

Rose, London et Vienna comprirent le message et se bousculèrent pour sortir. Ariana fixa sur moi ses yeux bleus limpides.

– Tu devrais vraiment te changer les idées, dit-elle. Tu te sentirais mieux.

– Je me sens déjà mieux, répliquai-je.

Ce n'était pas tout à fait vrai, mais le fait d'avoir pleuré comme une madeleine sur l'épaule de Natasha m'avait soulagée. Par contre, si je devais endurer cette nouvelle épreuve une seconde de plus, ma colère reprendrait le dessus, à leurs risques et périls…

– Tu es sûre ? insista Noëlle. Tu ne veux vraiment pas venir ?

– Je suis sûre !

Je posai la main sur la poignée de porte.

– Allez, soyez sympa, laissez-moi.

Ariana et Noëlle se consultèrent du regard. C'était mauvais signe. Je savais que j'avais franchi la ligne rouge, et pendant une demi-seconde, je me rappelai combien je les craignais, ne fût-ce que deux semaines plus tôt. La mort de Thomas m'avait guérie de ce sentiment, du moins pour l'instant. Je me souciais désormais comme d'une guigne de ce qu'elles pouvaient me dire, ou me faire.

– Repose-toi, lâcha enfin Noëlle. On se voit tout à l'heure.

Là-dessus, elle referma la porte. Rien de plus. Peut-être que le deuil de Thomas les avait guéries, elles aussi.

Décision

J'avais beau être complètement sonnée, j'apprenais encore des choses. Par exemple, que les regards curieux des badauds sont moins crispants quand on n'a dormi que quarante-cinq minutes en trois jours. Que le responsable de la cafétéria déteste trouver une élève prostrée sur les marches du bâtiment, lorsqu'il vient l'ouvrir au petit matin. Que les Cheerios gonflent quand on les laisse tremper dans le lait. Si on les regarde fixement pendant plusieurs minutes, on peut même assister à leur transformation.

Quelques jours s'étaient écoulés depuis l'enterrement de Thomas. Je n'avais pour ainsi dire rien avalé, et je n'avais pas davantage fermé l'œil. Aucun événement marquant ne s'était produit, hormis le fait que plusieurs élèves avaient été retirés du lycée par leurs parents. Surtout des troisièmes. « Des parents nouveaux et stressés », aux dires de Noëlle.

– Comme si cette école n'avait jamais connu aucun scandale…, avait-elle dit la veille, tandis que nous regardions un garçon asiatique coiffé comme un épouvantail monter dans une Hummer.

Aucune de mes amies n'avait été rapatriée, mais c'était sinistre de voir les berlines et les limousines se glisser devant les dortoirs, les élèves s'y engouffrer avec leurs bagages, pendant que les parents regardaient alentour avec suspicion, comme si un tueur masqué allait soudain surgir de la pénombre en hurlant. Personne n'avait dit officiellement que la mort de Thomas était de nature criminelle, mais visiblement, les gens en étaient convaincus.

Deux filles me dépassèrent en chuchotant et me lancèrent des regards en coin. Je tournai la tête, afin que mes cheveux dissimulent mon visage. J'avais des cernes impressionnants sous les yeux, et je balançais en permanence entre l'évanouissement et la crise de larmes.

La porte de la cafétéria s'ouvrit soudain. Je levai machinalement la tête. Mon esprit embrumé me joua un vilain tour, et je crus reconnaître Thomas. Une fraction de seconde me suffit pour réaliser mon erreur. Je me retins de hurler. Non : ce n'était pas Thomas. Ça ne pouvait pas être Thomas. Ça ne serait plus jamais Thomas ! J'allais devoir me faire une raison.

– Ça va ?

Josh était debout à l'extrémité de la table vide. Il portait un plateau couvert de beignets, autour d'un bol de chocolat chaud. Ce garçon absorbait plus de sucre avant neuf heures du matin qu'un gamin de cinq ans en une journée. On aurait pu croire que les parents, après avoir inscrit leurs enfants dans un établissement aussi coûteux, veilleraient à ce qu'ils reçoivent une alimentation équilibrée... De toute évidence, l'élite ne s'attachait pas à ce genre de détail.

– Mmh, grommelai-je. Tu n'aurais pas un oreiller ?

Je repoussai mon plateau, posai les coudes sur la table et inspirai à fond pour réprimer une nausée. Josh s'assit en face de moi, ôta la bandoulière de son sac et le posa par terre. Il portait un polo à rayures bleues et jaunes taché de peinture et il était craquant, avec ses cheveux ébouriffés.

« Craquant ? » J'eus envie de me gifler. Thomas était mort. Je n'étais pas censée trouver quiconque craquant.

Josh se baissa pour farfouiller dans son sac. Il se releva, plaqua une main devant sa bouche ouverte, puis but une gorgée de cacao.

– Qu'est-ce que c'était ? demandai-je.

– Des vitamines. Un cachet par jour et je garde une forme olympique. Jamais de docteur...

– Tu es le fils idéal, ironisai-je.

– Dis-le à mes parents, répliqua-t-il, pince-sans-rire.

Je souris, constatant avec surprise que j'en étais encore capable, malgré mon état semi-comateux.

Josh inclina légèrement le buste en avant pour me parler. Je l'imitai.

– J'ai réfléchi et j'ai décidé de suivre le conseil de Noëlle, chuchota-t-il. Je vais aller trouver les flics.

Sans rien ajouter, il mordit dans un beignet saupoudré de sucre glace et projeta de la poudre blanche tout autour de lui. Je le regardai, incrédule. Venait-il vraiment de me dire, sur ce ton badin, qu'il allait dénoncer Thomas ? J'étais incapable d'avaler une bouchée, et lui, il se goinfrait de beignets comme si de rien n'était... En fait, je n'en revenais pas de voir Josh faire preuve d'un tel sang-froid. Thomas et lui partageaient leur chambre. Ils étaient amis. Et pourtant, je ne l'avais pas vu verser une seule larme depuis que nous avions appris sa mort. Enfin, ça ne voulait pas dire grand-chose : peut-être sanglotait-il toutes les nuits, seul dans son lit. Ce n'aurait pas été la première fois, à Easton, que quelqu'un aurait gardé un secret. Je commençais même à me demander si les secrets n'étaient pas un préalable à l'admission.

– Tu crois que c'est nécessaire ? demandai-je.

– Noëlle a raison, dit-il en mastiquant. Le mec louche dont elle parlait... Tu sais, le fameux Rick... C'était le fournisseur de Thomas, et c'est un vrai cinglé. Je serais prêt à parier qu'il est mouillé dans cette affaire.

Je pris une profonde inspiration, me redressai, puis m'affaissai de nouveau.

– Je ne sais pas, Josh... Est-ce que tu veux réellement que les parents de Thomas apprennent ces horreurs sur son compte ? Je sais que ce n'était pas un enfant de chœur, mais il faisait des efforts pour changer. Il t'a dit qu'il allait en désintoxication, le jour de son départ ?

– Pardon ? lâcha-t-il, hilare.

Je sentis le rouge me monter aux joues.

– Quoi ?

Josh but une gorgée de cacao et me fit un clin d'œil par-dessus son bol. Puis il le reposa et son visage se décomposa, comme s'il venait seulement de comprendre :

– Excuse-moi... Tu étais sérieuse ?

– Oui, dis-je, horriblement vexée.

Il s'essuya les mains sur son jean avant d'enchaîner :

– Reed, je déteste avoir à te dire ça, mais Thomas n'avait absolument pas le projet d'aller en désintoxication. Il était tellement soûl le dernier soir qu'il a passé ici qu'on aurait pu l'essorer et servir à boire à toute une tablée.

Tandis que j'enregistrais ces mots, le décor de la cafétéria se mit à tourbillonner autour de moi à une vitesse fulgurante. Incapable de focaliser mon regard, je fermai les yeux.

– Comment..., fis-je, la bouche sèche.

– Quand je suis revenu de la bibliothèque, il était en train de s'engueuler au téléphone avec Rick, murmura Josh. Il était tellement déchiré qu'il tenait à peine debout. C'est pour ça que je me dis que Noëlle a raison. Thomas était furieux, et il a pu dire des trucs qu'il aurait gardés pour lui s'il n'avait pas été dans un tel état. Je n'en ai pas pensé grand-chose sur le moment, parce que ces deux-là passaient leur temps à se prendre la tête sous n'importe quel prétexte. Mais peut-être que cette fois, Thomas a passé les bornes et qu'il a mis Rick vraiment hors de lui.

Je pressai ma paume contre mon front, m'efforçant d'y voir clair. Thomas était soûl ? Pourtant, il m'avait paru sincère lorsqu'il m'avait confié qu'il voulait arrêter de boire. Puis il m'avait laissé cette lettre, dans laquelle il m'annonçait qu'il allait passer quelque temps dans un centre de désintoxication. Est-ce que ce n'était qu'un tissu de mensonges ?

– Je n'y comprends rien, dis-je tout haut.

– À quoi ? demanda Josh.

Je ne répondis pas aussitôt, poursuivant ma réflexion : « Pourquoi Thomas m'aurait-il laissé une lettre s'il n'avait pas prévu de partir ? J'aurais été folle de rage si j'avais trouvé son mot le soir même, et croisé Thomas sur le campus le lendemain. Il avait donc forcément prévu d'aller quelque part. Mais où ? »

– Ce n'était peut-être qu'un dernier sursaut, suggérai-je. Peut-être qu'il a voulu s'offrir une dernière cuite avant de partir en désintoxication...

Ça sonnait faux. Je m'en rendis compte en le disant, et je notai à son expression que Josh était de mon avis.

– Reed, pourquoi es-tu si certaine que Thomas avait prévu d'aller en désintoxication ? me demanda-t-il doucement.

À cet instant, la porte de la cafétéria s'ouvrit et un rayon de soleil filtra jusqu'à nous. Noëlle, Ariana, Taylor et Kiran entrèrent dans la salle et rejoignirent la queue du self-service. Je devais faire vite si ne voulais pas qu'elles entendent ce que j'avais à dire. Pas question de leur donner du grain à moudre.

– Il m'a laissé un mot, confessai-je rapidement. Je l'ai trouvé dans un de mes livres. Il m'y annonçait son départ, et me demandait de ne pas chercher à le retrouver. Il prétendait qu'il partait le soir même dans un centre de désintoxication.

Josh s'esclaffa et secoua la tête :

– C'est du Pearson tout craché ! Je parie que la dernière phrase qu'il a prononcée était un mensonge.

– Pourquoi tu dis ça ? protestai-je.

Josh me regarda comme s'il venait seulement de réaliser à qui il s'adressait.

– Non, pour rien. Oublie.

– Josh…

– C'est juste que…

Il chiffonna une serviette et la serra dans son poing.

– Je crois que Thomas ne mesurait pas la chance qu'il avait de t'avoir, c'est tout.

J'ouvris et refermai brusquement la bouche. Josh me regardait avec insistance. Il semblait sincère. J'étais à la fois flattée et stupéfaite. Il avait insinué que Thomas n'avait cessé de me mentir... juste avant de me faire un superbe compliment.

– Reed, il faut que tu montres cette lettre à la police, dit-il.

– Qu'est-ce qui te fait croire que je ne l'ai pas déjà montrée ?

– Tu l'as fait ?

– Non, admis-je, penaude.

– C'est une preuve, insista Josh. Ce sont peut-être les derniers mots que Thomas a écrits. Ça peut servir l'enquête.

Mon estomac fut pris de spasmes. Je redoutais ce moment depuis des semaines, mais Josh avait raison, c'était évident. D'ailleurs, je n'avais gardé le secret sur cette lettre que pour protéger Thomas. Pour lui éviter d'être traqué par ses parents. Ça n'avait plus de sens aujourd'hui.

– Tu as raison. J'irai voir les enquêteurs tout à l'heure, après le culte du matin.

Cette décision me réconforta momentanément. Je n'étais pas tranquille à l'idée d'avouer aux policiers que je leur avais caché quelque chose, mais j'avais hâte de me délivrer de ma culpabilité. Thomas m'avait menti, et qui sait jusqu'à quel point ? De plus, là où il était, il n'avait plus besoin de ma protection. Il était temps que je règle cette histoire, une bonne fois pour toutes.

Aveux

Je ne réalisai ce que je m'apprêtais à faire qu'en gravissant l'escalier de Hell Hall. Je trébuchai sur la dernière marche et m'agrippai au bras de Josh pour éviter de me fracasser le genou sur les marches de pierre.

– Attention ! dit-il en m'aidant à me relever.

Lorsque je tentai de reprendre mon équilibre, nos visages se touchèrent presque. Nous étions si proches l'un de l'autre que je sentis la chaleur de son corps irradier ma joue. L'anxiété avait déjà accéléré mon rythme cardiaque, qui acheva de s'emballer. Josh pressa brièvement mon bras avant de le lâcher.

– Je ne peux pas ! déclarai-je brusquement.

Je m'éloignai de lui, espérant naïvement que cela permettrait à mon pouls de ralentir. Je nageais en pleine confusion.

– Qu'est-ce que tu veux dire ? demanda Josh en plissant le front. Je croyais qu'on avait décidé…

– Je sais ce qu'on a décidé, le coupai-je.

Il me semblait presque sentir la lettre de Thomas brûler le nylon de mon sac à dos pour tenter de s'en échapper.

J'hésitais encore sur la conduite à tenir quand je vis M. Cross – le surveillant de la maison Ketlar, qui enseignait également la biologie aux terminales – monter les marches derrière nous. Comme les autres professeurs, il avait un bureau dans Hull Hall (que les élèves avaient judicieusement surnommé Hell Hall, « le couloir de l'enfer »).

Je poussai Josh sur le côté pour le laisser passer et baissai la tête en rougissant. Mon pouls s'emballa de nouveau.

« Je ne serai pas attirée par Josh, me sermonnai-je. C'est le camarade de chambre de mon petit ami décédé. Très peu pour moi ! »

Cross nous toisa avec sévérité, mais ne s'arrêta pas. J'attendis pour parler que la lourde porte ait claqué derrière lui.

– Tu ne crois pas qu'ils peuvent m'accuser d'avoir dissimulé des preuves ? fis-je à mi-voix.

Je poursuivis sans lui laisser le temps de répondre :

– Je risque gros. En me taisant, je croyais protéger mon petit ami parti en cure de désintoxication. Là, ce n'est plus pareil. Ils peuvent me soupçonner d'avoir voulu aider un complice, je ne sais pas...

J'avais vraiment passé trop de temps devant la télé ! Honte à toi, Dick Wolf[1] !

Josh réfléchit. Une brise froide ébouriffa ses cheveux et un gros nuage gris passa devant le soleil. Je fermai mon manteau et regardai les feuilles mortes virevolter sur le sentier. Ma décision était prise. Je fis demi-tour pour partir.

– Attends, Reed ! Attends ! dit Josh en me prenant le bras.

Mon pied flotta un instant au-dessus de la marche inférieure et mon estomac fit une embardée, comme si je venais d'amorcer une descente sur les montagnes russes.

– Quoi ? dis-je par-dessus mon épaule.

– On doit leur montrer cette lettre si on veut découvrir ce qui est arrivé à Thomas. Il est temps de dire la vérité. Enfin.

Je me rappelai la conversation que j'avais eue avec Josh et Walt Whittaker la semaine précédente à la cafétéria. Whit avait en quelque sorte reproché à Josh de n'avoir jamais dénoncé les activités illégales de Thomas à l'administration. Josh avait paru affecté par cette accusation, et il avait dû y repenser en apprenant la mort de Thomas. Alors si Noëlle, à son tour, suggérait que c'était la chose à faire...

1. Dick Wolf est un célèbre producteur américain de séries télé.

Cette fille avait vraiment un pouvoir phénoménal.

– D'ailleurs, qu'est-ce qu'il pourraient te faire ? enchaîna Josh. Tu es mineure. Ils ne vont pas te jeter en prison pour avoir dissimulé une lettre d'amour.

Allez savoir pourquoi, sa certitude l'emporta sur ma peur.

– Bon, d'accord ! dis-je.

Je le dépassai en trombe et ouvris la porte avant de changer une nouvelle fois d'avis.

– Mais si je me retrouve derrière les barreaux, ajoutai-je, ce sera à toi de me faire sortir.

– Marché conclu ! dit Josh d'une voix ferme, comme s'il avait réellement l'intention de voler à mon secours un jour prochain.

Je le précédai dans le couloir et soudain, j'eus la réaction la plus inattendue, la plus effroyable qui soit. J'allais résolument me jeter dans la gueule du loup, j'allais dénoncer les pratiques coupables de mon petit ami décédé… et mon visage s'illumina d'un sourire.

Des semaines…

Assis derrière son immense bureau, le doyen Marcus nous toisait avec sévérité, Josh et moi.

– C'est tout ce que vous avez à me dire ? nous demanda-t-il enfin.

N'était-ce pas suffisant ?

Le doyen était vieux, cela allait sans dire. Mais depuis que Thomas avait disparu et que la police avait débarqué sur le campus, depuis que les parents commençaient à rapatrier leurs enfants et à se faire rembourser les frais de scolarité, il avait pris au moins dix ans. Ses rides étaient encore plus marquées et ses tempes étaient devenues toutes grises. Ses yeux marron semblaient se perdre au fond de leurs orbites.

La lettre de Thomas était posée sur son sous-main, et c'était le seul papier sur son bureau impeccablement rangé. Dans un coin de la pièce, le commissaire Sheridan, grand et massif, chuchotait quelque chose à son collègue l'inspecteur Hauer, plus petit, et aussi plus gentil. Après s'être exclamés à plusieurs reprises au début de notre récit, ils s'étaient mis à discuter en aparté.

– Nous sommes désolés de ne pas être venus plus tôt, monsieur, dit Josh d'une voix posée. Mais on espérait toujours que Thomas allait revenir...

– Et à son retour, vous l'auriez laissé reprendre ses activités illégales, tonna le doyen, dont le visage vira au bordeaux. Vous alliez le laisser déshonorer encore cette institution ?

Je me ratatinai dans mon fauteuil de cuir. J'allais être renvoyée, je le sentais. Je ne verrais plus jamais le lierre ornant l'entrée de Billings. Je ne saurais jamais si j'étais capable de passer l'examen d'histoire de M. Barber. Je ne flânerais plus avec Noëlle, Ariana, Kiran et Taylor en buvant du vin et en dégustant des chocolats de luxe. Je ne verrais plus New York depuis des fenêtres donnant sur Park Avenue. Où avais-je la tête quand j'avais décidé de venir dans ce bureau ? Avais-je oublié tout ce que je risquais de perdre ?

« Croton, me revoilà ! » Je me demandai si l'affichette « recherchons collaborateurs » était toujours scotchée sur la vitrine de la pharmacie.

– Mais ce n'est pas cela le pire, M. Hollis, continua le doyen Marcus, tellement indigné qu'il en tremblait. Si vous étiez venus nous livrer cette information plus tôt, nous aurions peut-être retrouvé M. Pearson il y a des semaines. Vous ne…

Mon cœur cessa de battre.

– Monsieur Marcus ! fit le commissaire, sur le ton de l'avertissement.

Le doyen pâlit en réalisant la gaffe qu'il venait de commettre. Il regarda le commissaire avec hésitation.

« Il y a des semaines… Des semaines ! »

– C'est vrai ? m'entendis-je dire à mi-voix. Thomas est mort depuis tout ce temps ?

– Je suis désolé, mademoiselle Brennan, mais nous ne sommes pas autorisés à divulguer cette information tant que notre enquête n'est pas terminée, déclara le commissaire en s'approchant du bureau.

La voix du policier était lourde de reproches. Le doyen se renversa sur son siège, comme vidé. Visiblement, en prononçant quelques mots de trop, il avait perdu le rôle de maître de cérémonie qu'il affectionnait. L'autorité de la police surpassait donc celle du personnage numéro un de notre lycée.

– Le doyen Marcus a raison, continua le commissaire en nous regardant de haut. Vous auriez dû nous donner ces informations dès nos premiers entretiens. Je sais que vous pensiez protéger votre ami, mais en gênant l'enquête, vous avez fait exactement le contraire.

Le peu que j'avais réussi à avaler au petit déjeuner me remontait dans la gorge, lentement mais sûrement. Avait-il raison ? Aurais-je vraiment pu prévenir la mort de Thomas en venant les trouver plus tôt ? Comment était-ce possible ?

Des larmes me perlèrent aux paupières et je fixai l'abat-jour de verre de la lampe du doyen jusqu'à ce qu'il devienne flou. Cette idée m'était insupportable. Je sentis ma poitrine se remplir d'une chose indéfinissable. Une chose qui menaçait de me noyer.

– Tu ne pouvais pas le savoir, dit tranquillement Josh.

Je le regardai. Il me fixait. Cela me rasséréna un peu, et je priai pour qu'il ne détourne pas les yeux. Sans son soutien, je craignais de sombrer.

– Pardon, monsieur Hollis ? fit sèchement le commissaire.

– J'ai dit qu'elle ne pouvait pas le savoir, répéta Josh un ton au-dessus. Elle ne pouvait pas savoir que quelqu'un allait faire du mal à Thomas. Pour elle, ce n'était qu'une simple lettre de rupture. Comment aurait-elle pu le deviner ?

Il toisa méchamment le commissaire. Cet homme qui tenait notre sort entre ses mains. Était-ce du courage ou de la bêtise ? Au moment où il rompit le contact visuel avec moi, les larmes se mirent à ruisseler sur mes joues.

« Contrôle-toi, Reed ! me sermonnai-je. Tu ne veux pas que ces gens-là te voient craquer. »

Je m'essuyai les joues, mais les larmes continuaient de couler.

– Calmez-vous, Monsieur Hollis, dit le commissaire.

– Je ne vois pas à quoi ça vous avance de la faire pleurer, insista Josh.

– Josh, arrête ! croassai-je.

Il allait nous faire renvoyer s'il continuait. Renvoyer ou arrêter. Ou les deux.

Le commissaire soutint le regard de Josh un long moment, puis nous tourna le dos pour aller chuchoter quelque chose au doyen. Je tendis l'oreille, mais ne perçus que quelques bribes de mots.

– ... punition...

– ... naïve...

– ... utile...

Finalement, le policier s'adressa de nouveau à nous :

– Vous pouvez retourner en cours.

Le doyen tourna sa chaise sur le côté. Il me faisait penser à un ballon de baudruche dégonflé. Ni Josh ni moi ne bronchâmes. Ça ne pouvait pas être aussi simple.

– J'apprécie que vous ayez essayé de vous racheter en venant ici aujourd'hui, dit le commissaire. C'est un peu tard, il est vrai, mais je ne vois pas de raison de vous mettre en examen. Comme vous êtes mineurs, vous recevriez une simple tape sur le poignet. À voir vos têtes, je crois que vous l'avez déjà reçue.

Exact. Et pas seulement sur le poignet. En pleine figure, aussi… Et dans le ventre… Avec un poing américain.

– Par contre, si vous pensez à autre chose… à quoi que ce soit d'autre, venez nous trouver immédiatement. C'est compris ? demanda-t-il en frappant du doigt sur le bureau.

– Oui monsieur, fit Josh en se levant.

– Oui monsieur, répondis-je en écho, des larmes plein la voix.

– Bien, dit le commissaire. Maintenant, filez avant que je ne change d'avis.

Ambiance

Il y a plusieurs semaines. Ils auraient pu le retrouver il y a plusieurs semaines. Thomas était resté étendu, mort, quelque part, pendant au moins quinze jours ! Mais où ? Les rumeurs se contredisaient. J'avais entendu dire qu'on l'avait découvert dans un pré derrière l'école publique. Au bord d'un ruisseau dans les collines. Dans un immeuble désaffecté. Et pire : dans le coffre d'une voiture abandonnée.

Apprendrais-je un jour la vérité ?

– Reed, tu devrais vraiment manger quelque chose, dit Ariana de son ton maternel.

Je clignai des yeux. Les bruits de la cafétéria étaient si étouffés que je m'étais complètement déconnectée. Mon sandwich à la dinde était intact sur mon assiette. Kiran et Natasha venaient de s'installer en face de moi. Je ne les avais même pas entendues arriver.

– Mange au moins le pain, insista doucement Ariana.

– Mange la viande. Il te faut des protéines, pas des glucides, dit Kiran en sortant de son sac un épais numéro de *Vogue*.

Natasha me regarda et sourit d'un air de connivence. Est-ce que Kiran oubliait parfois de compter les calories ? Ariana regarda son amie avec hauteur, tandis qu'elle feuilletait les innombrables pages de publicité au début du magazine.

– Quoi ? ajouta Kiran en écarquillant ses yeux verts. Les glucides ne serviront qu'à la faire grossir. Ce qu'on veut, c'est lui redonner de l'énergie, non ? Par conséquent, il lui faut des protéines.

On ne résistait pas à une injonction d'Ariana. Je soulevai le pain de mon sandwich et détachai un morceau de dinde avec les doigts.

– Voilà. Vous êtes contentes ?

Kiran plissa son nez délicat.

– J'aurais préféré avec une fourchette, mais c'est bien.

Sur ces entrefaites, Noëlle arriva et s'assit comme d'habitude au bout de la table, en face d'Ariana. Elle poussa un soupir agacé et regarda méchamment Taylor, qui se glissait derrière moi pour aller s'asseoir lourdement sur une chaise libre à ma droite. Elle avait le nez rouge, ses boucles étaient emmêlées et elle semblait épuisée. À croire que, comme moi, elle avait passé la nuit à fixer son réveil en calculant combien d'heures de sommeil il lui restait si elle s'endormait sur-le-champ.

– Qu'est-ce qu'il y a ? demanda Kiran en regardant tour à tour Taylor et Noëlle.

– Il y a que j'en ai marre de cette ambiance sinistre, lâcha Noëlle.

Elle balança ses longs cheveux bruns par-dessus son épaule.

– Et de ceux qui s'y complaisent, ajouta-t-elle en nous lançant un regard entendu, à Taylor et moi.

– Noëlle, on a enterré Thomas le week-end dernier, protestai-je, la gorge serrée.

– Je suis au courant, merci. J'y étais, figure-toi. Mais regardez-vous tous. C'est lamentable. Si ça continue, on va assister à un suicide collectif.

À cet instant, les portes de la cafétéria s'ouvrirent à la volée. Dash McCafferty entra, ses cheveux blonds en bataille et les yeux pétillants d'excitation. Derrière lui venaient Josh et Gage Coolidge, qui ondulait des hanches avec un mélange de décontraction et d'effronterie, comme s'il arpentait un podium invisible. Walt Whittaker fermait la marche, les joues rougies par le froid, vêtu d'un épais manteau de laine qui lui arrivait sous le genou.

Dash s'arrêta au bout de notre table. Tous les regards étaient rivés sur lui. Les troisièmes, les secondes et les professeurs le mangeaient des yeux. On aurait dit que le roi en personne se présentait enfin devant une petite assemblée, impatiente de l'entendre parler.

– C'est officiel, mes amis ! annonça-t-il en ouvrant les bras. On organise une fête !

Un murmure se répandit dans la pièce comme une onde à la surface de l'eau. Deux secondes plus tard, la cafétéria vibrait au son des bavardages.

– Ah, je préfère ça, dit Noëlle, ravie.

– Une fête ? glapit Taylor.

– En quel honneur ? demanda Natasha.

– Pour Thomas, dit Gage. Pour honorer sa mémoire, et tout le bordel.

– Très éloquent, Gage, le réprimanda Whit.

Gage posa une main sur sa poitrine et leva le nez.

– Mille excuses, très cher, dit-il en adoptant un accent guindé de Nouvelle-Angleterre. Mon intention n'était pas de vous offenser.

Whit piqua un fard. Gage gloussa, chaparda une carotte dans l'assiette d'Ariana et croqua dedans. Josh se glissa derrière moi et s'assit de l'autre côté de Taylor. La nouvelle ne paraissait pas l'enchanter autant que ses amis.

– Vous pensez vraiment que c'est de bon goût ? demanda Natasha en me regardant d'un air préoccupé.

J'adorais quand quelqu'un formulait mes pensées à ma place. Natasha était la seule de mes amies capable d'empathie. Elle pouvait se mettre à ma place et imaginer ce que je ressentais. À mon avis, Noëlle n'avait pas pris la peine de réfléchir à ce qu'elle éprouverait si Dash se retrouvait six pieds sous terre. C'eût été trop déplaisant.

– Ah, la morale a parlé ! ironisa-t-elle.

Les mecs s'esclaffèrent. Natasha plissa les yeux, furieuse.

– Je dis juste que certains peuvent trouver déplacé de fêter la mort d'un camarade...

– Eh bien, ce sont des losers, trancha Gage.

– On a l'autorisation du doyen, dit Dash en se frottant les mains, comme pour mettre fin aux objections de Natasha. On va organiser ça la veille de Thanksgiving. Une fiesta à la fois cool et totalement ringarde. Genre bal de promo dans le Middle West...

– Excellent ! fit Gage en se tordant de rire.

– Thomas aurait adoré, dit Ariana.

Je la regardai, perplexe. Ariana haïssait Thomas depuis toujours. Elle avait même été la première à me mettre en garde contre lui. Comment pouvait-elle savoir ce qu'il aurait aimé ou pas ?

– On pourrait introduire quelques strip-teaseuses en douce, suggéra Gage. Parce que ça, c'est sûr, Thomas aurait adoré !

La température de mon corps monta en flèche, et je m'aperçus que tout le monde me regardait. Ils attendaient ma réaction. Je m'efforçai de rester impassible.

– Coolidge, tu es vraiment trop lourd, dit Natasha.

– Creenshaw, tu devrais t'accoupler avec Whittaker. Vous pourriez engendrer le premier républicain métis de race mélangée.

Whit s'esclaffa. Natasha plissa de nouveau les yeux.

– Tu sais ce qui m'amuse chez toi, Coolidge ? Tu es tellement crétin que tu es fier de l'être.

– Avoue que tu es folle de moi ! répliqua Gage.

– Ça suffit, vous deux ! s'interposa Dash. Est-ce qu'on peut revenir à la fête ?

– Je pense que c'est pile ce qu'il nous faut, déclara Noëlle.

– Exact ! approuva Dash. C'est le meilleur moyen de remettre un peu d'ambiance. Je ne sais pas pour vous, mais moi, ces trucs morbides commencent à me filer le bourdon. Je ne crois pas que Pearson apprécierait.

– Il était toujours partant pour faire la fête, signala Kiran en plissant le front, comme si elle réfléchissait.

– Arrête ! Tu cherches juste une occasion pour te soûler, plaisanta Noëlle.

– Qu'est-ce que tu en penses, Reed ? me demanda Ariana.

J'avoue qu'au fond de moi, je fus touchée qu'ils daignent me consulter. Mais n'était-ce pas la moindre des choses ? Après tout, à leurs yeux, j'étais la veuve du défunt.

Cela dit, j'étais incapable de donner mon avis. Comme la plupart des questions qui se posaient à moi depuis quelques jours, celle-ci me paraissait insoluble. Je n'avais tout simplement pas la force d'y réfléchir.

Tout le monde me dévisageait. En désespoir de cause, je me tournai vers Josh.

– Et toi, qu'est-ce que tu en penses ? Tu as envie de faire la fête ?

Il haussa les épaules.

– Ce n'est peut-être pas une mauvaise idée. Si ça peut aider les gens... je ne sais pas, à tourner la page.

Il soutint mon regard pendant un moment, et je compris qu'il ne pensait pas seulement aux « gens ». Il souhaitait que moi aussi, je tourne la page. Que je passe à autre chose. Avec lui ? Un petit éclair d'excitation se faufila dans ma poitrine, entre les blocs de chagrin, de culpabilité et de peur qui l'encombraient. Ce fut pour moi comme un petit miracle, une minuscule planche de salut.

– Je trouve que c'est une très bonne idée, dis-je en me forçant à sourire. Vous avez raison. Ce mélo ne ressemble pas à Thomas. Enfin... pas à ce qu'il était.

– Bon, alors, emballé c'est pesé, dit Dash.

Il emprunta une chaise à une table voisine et vint s'asseoir à l'extrémité de la nôtre.

– Qui sait, ajouta-t-il, peut-être que d'ici là, ils auront attrapé le coupable. Alors, on aura vraiment quelque chose à fêter.

Taylor renifla. Le temps que je me tourne vers elle, son visage ruisselait de larmes.

– Bon, Taylor ! l'apostropha Noëlle. Avale un Prozac et qu'on en finisse ! Comme dit Hollis, il est temps de tourner la page.

Taylor grimaça et je compatis. Je voulus lui tapoter le dos, mais elle bondit sur ses pieds avant que j'aie pu la toucher.

– Il faut que j'aille à l'infirmerie, souffla-t-elle.

Elle récupéra tant bien que mal son sac à bandoulière sur le dossier de sa chaise et le renversa en partant, brisant le silence. Tous les regards convergèrent vers nous. Taylor, morte de honte, rentra la tête dans les épaules et fila en courant, son sempiternel mouchoir sur le nez.

– Qu'est-ce qui lui arrive, ces derniers temps ? demanda Natasha.

Noëlle, Ariana et Kiran échangèrent un regard entendu, comme si elles étaient mieux informées que nous – ce qui était généralement le cas. Puis elles reportèrent leur attention sur leurs assiettes. Je me renversai sur ma chaise, me rappelant une remarque de Constance, peu après la disparition de Thomas, alors que la police interrogeait systématiquement tous les élèves. Elle m'avait confié que Taylor était sortie de l'entretien en larmes. J'avais trouvé cela bizarre, et Constance avait suggéré que Taylor était secrètement amoureuse de Thomas. Sur le moment, cela m'avait fait rire, parce j'avais attribué cette histoire à la rumeur. Aujourd'hui, je n'en étais plus aussi sûre.

À voir l'étrange comportement de Taylor depuis l'enterrement, je me disais que Thomas avait peut-être compté pour elle plus que je ne l'imaginais.

Le soir d'Halloween, les filles Billings m'avaient promis qu'il n'y aurait plus de secrets entre nous. Apparemment, elles prenaient déjà des libertés avec cette promesse.

Assassiné

Au début de la semaine suivante, assise en face de Noëlle à la bibliothèque, je relisais distraitement *Les raisins de la colère*. Comme j'avais déjà dévoré ce roman en quatrième, j'aurais mieux fait de réviser pour mon contrôle de français, ou j'aurais pu faire mes travaux pratiques de biologie, mais j'étais incapable de me concentrer plus de cinq secondes sur quoi que ce soit. Preuve de mon agitation, ma jambe droite tressautait sous la table comme si elle cherchait à se détacher de mon corps.

Si je ne me faisais pas renvoyer de ce lycée avant Noël, ce serait un miracle.

Il régnait dans la bibliothèque un silence de mort, seulement troublé par le craquement des reliures de livres ou le frottement des crayons sur le papier. Au lycée de Croton, la bibliothèque était toujours emplie d'un brouhaha diffus, un mélange de gloussements, de chuchotements et de chahut. À Easton, c'était un véritable lieu de travail. Lorsque je l'avais constaté en arrivant ici, j'en avais tiré une certaine fierté. Dans cette vénérable institution, j'allais devenir une érudite, forcément.

Cependant, aujourd'hui, ce silence me pesait. Il permettait trop facilement à mon esprit de divaguer.

– Je vais me chercher une bouteille d'eau, dit Noëlle en sortant son portefeuille Gucci. Tu veux quelque chose ?

À Easton, il n'y avait pas de fontaines en libre-service. Seulement des distributeurs payants de bouteilles d'eau minérale.

– Non, merci.

J'étais encore surprise de la voir aller faire ses courses elle-même, plutôt que de m'y envoyer. De l'entendre me proposer un service. J'aurais dû en profiter, et je l'aurais fait si cette idée m'avait seulement effleurée. Hélas, j'avais d'autres préoccupations.

Noëlle s'éloigna tranquillement vers l'alcôve où bourdonnaient les distributeurs réfrigérés, près de l'entrée des toilettes. Peu après son départ, j'entendis des pas feutrés sur la moquette et je levai les yeux. Lorna Gross venait d'entrer dans la salle et se précipitait vers une table occupée par des élèves de seconde, à ma gauche. Elle était échevelée, et des mèches étaient collées sur son visage luisant de sueur. Elle prononça quelques mots à voix basse, le souffle court, postillonnant sur les cahiers de ses camarades.

Aussitôt, tous les regards convergèrent vers moi. Constance, Missy et Diana Waters se mirent à me fixer, bouche bée. Kiki Rosen ôta ses écouteurs et éteignit son iPod. On aurait dit qu'un tsunami s'était soulevé derrière moi et qu'elles attendaient, effarées, que la vague m'emporte.

– Quoi ? dis-je.

Constance regarda ses voisines, puis se leva comme à regret. Elle vint s'asseoir près de moi et se pencha pour me parler en privé. J'agrippai mes livres à deux mains et les serrai à m'en faire blanchir les articulations.

– Reed, ils ont arrêté quelqu'un, me dit-elle d'une voix posée. Un type qui vit en ville, un certain Rick de Lea…

Mon ventre se noua et Constance me parut soudain très loin. Tout ce qui m'entourait semblait être passé à l'arrière-plan. Je ne voyais, je ne comprenais plus qu'une chose : Thomas avait été assassiné. Assassiné !

Ainsi, Noëlle avait raison. Ce dealer, ce voyou dont je n'avais jamais entendu parler, mais qu'elle et Josh connaissaient… ce criminel l'avait tué.

– Ils disent que c'était le fournisseur de drogue de Thomas, si j'ai bien compris, ajouta Constance, le front soucieux.

Je hochai la tête en silence. J'étais incapable de prononcer un seul mot.

Missy Thurber se leva et fonça sur nous, Lorna dans son sillage.

– Alors ? Qu'est-ce que tu en penses ? m'apostropha-t-elle. Tu vas pouvoir abandonner tes airs d'héroïne tragique…

– Tais-toi, Missy ! souffla Constance, choquée.

– Quoi ? s'insurgea Missy. Je dis juste que Thomas Pearson n'est pas la victime innocente qu'on voudrait nous faire croire. C'est clair qu'il a été assassiné à cause d'un trafic qui a mal tourné. Comme n'importe quel criminel.

Elle se pencha vers moi et me regarda dans les yeux :

– Il va falloir revoir ta communication, Brennan…

Je l'entendis à peine. Un seul mot m'obsédait. Celui que je redoutais d'entendre depuis des jours. « Assassiné ».

Thomas Pearson avait été assassiné.

Je me mis à suffoquer et me tortillai pour retirer mon pull à col roulé. Ma peau me cuisait.

– Ils disent qu'ils ont trouvé tout l'attirail du parfait camé et une liasse de billets près du corps, continua Missy. On dirait que ton petit copain s'est chamaillé avec son dealer.

Je perçus soudain un mouvement derrière moi et vis Lorna reculer, hésitante. Le visage de Missy se figea. Elle se redressa.

Noëlle posa sa bouteille d'eau et son portefeuille sur la table près de moi, se pencha en avant et loucha vers Missy. Elle inclina la tête d'un côté, puis de l'autre, comme si elle s'efforçait de distinguer quelque chose. Personne ne broncha ni ne pipa mot.

– Hé, hé ! gloussa Noëlle.

– Quoi ? fit Missy, hésitante.

Noëlle fronça les sourcils.

– Je me suis toujours demandé si on voyait la Chine en regardant dans tes narines, mais en fait, on ne distingue rien dans cette forêt de poils.

Quelqu'un renifla. Missy porta automatiquement la main à son nez.

– Tu t'appelles Missy Thurber, n'est-ce pas ? reprit Noëlle. Ta mère et ta sœur étaient à Billings...

Missy semblait changée en statue de marbre.

– Eh bien, Missy, enchaîna Noëlle, tu viens de me donner l'idée d'abolir cette petite règle archaïque qui veut que les descendantes des anciennes pensionnaires soient automatiquement admises à Billings. Amuse-toi bien à Dayton l'an prochain. Il paraît qu'ils ont enfin réglé cette histoire de rats. Une sale affaire...

Missy ouvrit la bouche et émit un son étranglé avant de tourner les talons et de partir en courant, la main toujours sur le nez. Lorna se précipita derrière elle, voyant partir en fumée ses chances d'entrer à Billings par cooptation.

J'aurais savouré ce moment si je n'avais été assaillie par de nouvelles images de Thomas, gisant ensanglanté au milieu de sachets de poudre et de pilules éventrés.

L'imagination est une chose effroyable.

– Ça va ? me demanda Noëlle.

– Je ne sais pas…

– Tu devrais aller t'allonger, me suggéra Constance.

– Bonne idée, approuva Noëlle.

Constance rosit de plaisir.

– Viens, me dit Noëlle en rangeant rapidement mes affaires et les siennes. Je te raccompagne à Billings.

Constance et moi nous levâmes. Noëlle m'escorta jusqu'à la porte. Je ne sais comment je me débrouillai pour poser un pied devant l'autre. Par chance, aucun obstacle ne barrait mon chemin. J'étais dans un tel état d'hébétude que j'aurais pu foncer dans un rhinocéros.

– Ça va aller, Reed, me dit Noëlle.

Elle semblait sûre d'elle.

– Je t'assure que ça va aller. Au moins, ils ont attrapé le coupable. C'est enfin fini. Ce salaud va aller en taule.

Elle poussa la porte et l'air glacé me gifla le visage. Je levai les yeux. Le ciel de novembre était constellé d'étoiles.

« Au moins, ils ont attrapé le coupable. Ce salaud va aller en taule. »

Peut-être qu'un jour, ces mots prendraient le sens que Noëlle avait voulu leur donner, mais pour l'instant, ils ne signifiaient qu'une chose pour moi : Thomas n'avait pas à mourir. Quelqu'un avait fait le choix de le tuer.

Et brusquement, ma colère se ralluma, plus violente que jamais.

Un suspect

Le lendemain matin, je me postai derrière une fenêtre du bâtiment Billings en attendant qu'Ariana et Taylor finissent de se préparer. De minuscules gouttes de pluie tachetaient la vitre brillante, et le ciel était couvert. À croire que la météo s'était calquée sur mon humeur. Je m'appliquai à respirer lentement et profondément par la bouche, m'émerveillant de la beauté du campus, même à cette période de l'année. Nous étions à la mi-novembre, mais l'herbe était encore verte et les buissons à feuilles persistantes avaient des formes harmonieuses. Pendant la nuit, des gouttes d'eau avaient gelé sur les branches dénudées des arbres au bout de l'allée, formant une voûte de diamants. Chez moi à Croton, le paysage était probablement marron, ou gris. J'imaginai les pelouses à l'herbe jaunie et les tas de feuilles détrempées que les services municipaux avaient négligé de ramasser. Novembre était le mois où la ville était la plus hideuse. À Easton, rien n'était jamais laid. Pas même le théâtre d'un meurtre.

J'entendis du bruit dans l'escalier et me retournai. Ariana et Taylor venaient à ma rencontre.

– Tu es prête ? me demanda Ariana en enfilant ses gants de cuir blanc immaculés.

– Je suis prête.

En sortant, je faillis être renversée par une rafale de vent chargée de crachin. Ariana et Taylor, qui marchaient derrière moi, se blottirent instinctivement l'une contre l'autre.

– J'ai besoin d'un café, marmonnai-je en fermant le dernier bouton de mon manteau Lands End, celui que mon père avait commandé sur catalogue et m'avait fait expédier au lycée.

Il faisait certes piètre figure à côté des habits de créateurs de mes amies, mais au moins, il était chaud.

– Moi, j'ai besoin de flocons d'avoine, déclara Taylor.

Elle semblait s'être ressaisie depuis la veille. Ses boucles blondes dansaient autour de son visage et ses joues avaient repris un peu de couleur. À moins que ce ne soit l'effet du vent...

– Vous allez manger aujourd'hui ? nous demanda Ariana en passant son bras sous le mien. Toutes les deux ?

– Je vais essayer, promis-je.

En réalité, je n'avais toujours pas retrouvé l'appétit. Je n'avais hâte d'aller à la cafétéria que pour y glaner des nouvelles récentes. Avec un peu de chance, quelqu'un aurait entendu parler du fameux Rick. Au pire, je pourrais interroger Walt Whittaker. Whit était toujours au courant de tout, car sa grand-mère siégeait au bureau des directeurs. Le seul problème, c'était que j'avais mis fin à notre semblant d'idylle une dizaine de jours plus tôt, quand on avait retrouvé Thomas. Enfin, qu'importe : il me suffirait de ravaler ma fierté et d'aller lui parler...

Nous allions emprunter le sentier menant à la cafétéria quand j'aperçus du coin de l'œil une silhouette familière. Je m'arrêtai net, le cœur battant la chamade. C'était l'inspecteur Hauer, que le mauvais temps n'avait pas dissuadé de faire sa petite promenade matinale. S'il y avait une personne encore mieux informée que Whit, c'était bien lui.

Je m'arrêtai et attendis qu'il nous rejoigne. Il était engoncé dans son trench-coat noir, et ses yeux bruns paraissaient tristes et fatigués.

– Bonjour, mesdemoiselles, nous lança-t-il avec un gentil sourire. Il fait froid, n'est-ce pas ?

– Oui, inspecteur. On dirait bien, répondit Ariana, reprenant pour l'occasion ses manières du Sud.

– Comment allez-vous aujourd'hui, Reed ? me demanda-t-il.

Je ne sais pourquoi, le fait qu'il me distingue me fit chaud au cœur. Nous avions déjà échangé quelques mots dans la cour, et son collègue et lui m'avaient interrogée la veille. Nous étions presque de vieux amis.

– C'est vrai, inspecteur ? lui demandai-je. Vous avez arrêté un suspect ? Il est coupable ?

Je me sentis toute drôle, soudain, d'avoir osé lui poser la question qui me taraudait depuis la veille.

L'inspecteur m'étudia un instant avant de répondre.

– Nous avons placé un suspect en garde à vue, c'est exact. Quant à savoir s'il est impliqué dans le décès de votre ami, c'est une autre affaire. Nous n'avons pas fini de l'interroger.

– Si vous l'avez arrêté, c'est que vous aviez une bonne raison de le faire, non ? insista Ariana.

– Il y avait des éléments tangibles, en effet, dit l'inspecteur.

– Qu'est-ce que cela signifie ? demandai-je.

– Cela signifie que nous avons un suspect, me dit doucement l'inspecteur. Je sais que vous étiez très proche de Thomas, Reed. Je n'ai pas eu l'occasion de vous le dire hier, mais sachez que je compatis à votre douleur.

Ariana prit ma main et la serra à la broyer. J'avalai péniblement ma salive et mes yeux s'embuèrent.

– Je vous promets de vous prévenir dès que nous aurons une certitude, quelle qu'elle soit, continua le policier.

Je hochai la tête. J'aurais voulu le remercier, mais je devais d'abord laisser cette nouvelle vague d'émotion se dissiper.

– Merci, inspecteur, dit Ariana en desserrant un peu son étreinte. Venez, les filles. Rentrons avant de geler sur place.

Elle était maternelle comme toujours, et cette fois sa sollicitude était la bienvenue. Si elle ne m'avait pas tirée par le bras, j'aurais pu rester plantée là toute la journée.

– Au revoir, mesdemoiselles, fit l'inspecteur en rebroussant chemin.

– Au revoir, répondis-je machinalement.

Ariana nous entraîna jusqu'à la porte de la cafétéria, l'ouvrit et s'effaça pour nous laisser entrer. À l'intérieur, la chaleur m'enveloppa et je respirai librement pour la première fois depuis une éternité.

Ariana quitta son manteau de cachemire bleu, le plia sur son bras et se planta devant nous.

– Vous vous sentez mieux maintenant ? s'enquit-elle.

Je regardai Taylor, qui soupira et sourit imperceptiblement. C'était le premier sourire que je lui voyais depuis le samedi soir où nous avions fait la fête à New York, comme les idiots insouciants que nous étions alors.

– Ouais, dit Taylor en déboutonnant son manteau.

– Ouais, répondis-je en écho.

Je n'avais plus qu'à m'en convaincre.

État second

Nos notes étaient arrivées.

Nos notes ! J'avais complètement oublié que le trimestre se terminait. Pourtant, elles étaient bien là, dans les boîtes aux lettres installées dans le couloir, devant la librairie du lycée. Dans des enveloppes couleur crème, derrière les vitres. Des centaines de bulletins, dans des centaines de boîtes. À quelques mètres de moi, un groupe d'élèves de seconde, fébriles, déchiraient leurs enveloppes et comparaient leur contenu en gloussant de plaisir, ou en grognant de déception. Je fus tentée de les imiter, mais mon instinct de survie m'en dissuada et je préférai tourner les talons. Je ne me sentais pas capable d'assumer une éventuelle déception, en plus de tout le reste.

Lorsque la porte du bâtiment se referma derrière moi, je me sentis plus légère, plus puissante. Il me semblait avoir repris le contrôle de ma vie, à travers ce détail infime. Je savais que je devrais un jour ou l'autre ouvrir cette enveloppe, mais pour l'instant, libre à moi de l'ignorer. C'était un sentiment agréable.

Ce jour-là, d'ailleurs, j'avais prévu de réviser. Quelles que soient mes notes, j'étais déterminée à en avoir de meilleures au second trimestre. Je deviendrais une bête de travail. Je me plongerais à corps perdu dans l'étude, quitte à laisser de côté tout le reste. Ce serait parfait pour oublier Thomas.

J'entrai d'un pas alerte dans la bibliothèque avec mon livre et mon cahier d'histoire sous le bras, un stylo neuf à la main. J'avais décidé de prendre des notes pour le quiz d'histoire du lendemain en suivant le conseil que Taylor m'avait donné au début de l'année. Il me suffisait de recopier la première et la dernière phrase de chaque paragraphe, dans lesquelles M. Barber choisissait systématiquement ses questions. C'était enfantin. Si je n'étais pas capable de faire ça, j'étais mal partie.

Comme d'habitude, plusieurs élèves se retournèrent sur mon passage. Je fis le dos rond et m'efforçai de regarder droit devant moi. J'en avais assez qu'on m'observe. Qu'on parle de moi à voix basse. Qu'on me demande si j'allais bien. Cela dit, je pouvais les comprendre. Depuis une dizaine de jours, j'étais un vrai zombie. Je somnolais en cours. Je rêvassais à la bibliothèque, les yeux dans le vague. Je quittais mon lit à la dernière seconde, m'étant généralement endormie vingt minutes avant la sonnerie. Un matin, j'étais tellement dans les vapes que j'avais traversé la moitié de la cour avant de me rendre compte que j'avais mis des chaussures dépareillées. À Easton, c'était aussi grave que de sortir tout nu.

Enfin, à partir d'aujourd'hui, tout allait changer. J'allais cesser d'attendre qu'une bonne fée vienne me frapper la tête de sa baguette pour me faire tout oublier. J'allais me reprendre en main.

Deux mecs de Gleck, un dortoir assez mal fréquenté que les autres élèves surnommaient « Glauque », étaient assis à l'extrémité d'une longue table au milieu de la bibliothèque. Ni l'un ni l'autre ne leva les yeux. Pour un peu, je les aurais embrassés ! Je m'assis à l'autre bout de la table et j'ouvris mon cahier.

« Bon, c'est parti. Au boulot. »

– Reed ?

Je clignai des yeux à plusieurs reprises, comme réveillée en sursaut, et finis par distinguer Josh en face de moi. Je consultai ma montre. Une demi-heure s'était écoulée. Mon cahier était vierge.

– Salut ! fit-il en posant son sac sur la table. Comment ça va ?

– Très bien, marmonnai-je entre mes dents. Et j'aimerais qu'on arrête de me poser cette question.

– Désolé.

Josh leva les mains en signe d'excuse et je m'en voulus aussitôt. Je ne pouvais pas me permettre de maltraiter mes amis. Que me resterait-il si je les perdais, eux aussi ? Je poussai un soupir qui se changea en grognement.

– Non, c'est moi qui suis désolée, dis-je.

Je croisai les bras sur mon cahier et posai le front sur mes poignets.

– Je ne voulais pas t'agresser, ajoutai-je, le nez contre la table.

– Ce n'est pas grave, murmura Josh. Que se passe-t-il ?

Il effleura mon petit doigt et une onde de chaleur déferla en moi. Un millimètre de sa peau contre la mienne et tout mon corps réagissait ! Qu'est-ce que Thomas en aurait pensé ? Me regardait-il, d'où il était ? Savait-il que j'éprouvais un sentiment coupable pour son meilleur ami ?

Je fermai les yeux et secouai la tête pour chasser ces pensées.

– Reed ?

Josh avait un ton sérieux et inquiet. Je soupirai de nouveau et levai la tête juste assez pour que mon menton repose sur mon cahier. Je le regardai avec un air piteux. J'aurais aimé qu'il me prenne dans ses bras. Il me semblait que s'il m'enlaçait, je me sentirais déjà beaucoup mieux. Mais c'était impossible, n'est-ce pas ? Impossible et interdit.

– J'aimerais pouvoir sortir de ma tête, lui confiai-je après un long moment. C'est invivable, là-dedans.

Josh eut un petit rictus. Il se pencha et amena son visage si près du mien que je vis ses taches de rousseur en gros plan.

– J'ai peut-être une idée..., me dit-il, une lueur malicieuse dans les yeux.

Je me redressai, sur la défensive, mais néanmoins intriguée.

– Si tu parles de fumer de l'herbe ou de ce genre de choses, ça ne m'intéresse pas, affirmai-je.

– Voyons, Reed, comme si j'allais te proposer de la drogue, dit Josh en s'asseyant. Tu me crois idiot à ce point ?

Je plissai les yeux et me sentis rougir jusqu'aux oreilles. Honte à moi !

– Alors, qu'est-ce que c'est ? demandai-je.

– C'est mieux, fit-il simplement.

Je fixai un instant les pages blanches de mon cahier et inspirai à fond :

– Bon, d'accord !

Bagarre

Mon cœur battait si fort dans mes oreilles que j'eus peur d'y laisser un tympan. Je n'avais pas mis les pieds dans le bâtiment Ketlar depuis des semaines. La dernière fois, Thomas était encore vivant et il m'avait entraînée ici pour coucher avec moi.

Pour faire l'amour avec moi…

Pour m'utiliser ?

Je ne savais plus quoi en penser, et hélas, je ne pouvais plus l'interroger à ce sujet. Une chose est sûre, me retrouver si près du lieu où cela s'était produit me mettait dans un état lamentable. J'avais la nausée, les genoux tremblants, les yeux larmoyants et un début de migraine. La totale !

– Allons-y, chuchota Josh lorsque les portes de l'ascenseur s'ouvrirent.

Au prix d'un effort colossal, je le suivis dans le couloir menant à la salle commune. J'aurais dû me sentir excitée, ou au moins curieuse de découvrir ce qu'il mijotait, mais les souvenirs qui m'assaillaient faisaient barrage à tout le reste. Je revoyais Thomas affalé sur le canapé en cuir, en train de jouer à des jeux vidéo avec ses amis. J'entendais presque leurs rires, leurs exclamations dépitées et leurs cris de triomphe.

Aujourd'hui, plus rien de tout cela. La salle plongée dans le silence sentait le désinfectant, comme si on avait passé les murs à l'eau de Javel. La télévision était éteinte et la console de jeux rangée dans un placard. Un inconnu lisait dans un coin, sous une lampe.

Toute vie avait-elle quitté Ketlar à la mort de Thomas ?

Josh traversa rapidement la pièce – la seule du bâtiment où j'étais autorisée à me trouver – et se dirigea vers le couloir du fond. Soudain, je compris où il m'emmenait. Dans sa chambre. Dans la chambre de Thomas !

– Euh... je ne suis pas sûre que..., commençai-je.

– On ne se fera pas prendre, chuchota-t-il. Cross est en réunion non-stop depuis qu'ils ont trouvé Thomas.

Il me prit la main, exactement comme Thomas l'avait fait à cet endroit précis. Il me tira en avant et je trébuchai. Mon esprit embrumé cherchait les mots pour lui dire que le dernier endroit sur terre où j'avais envie de me trouver était la chambre de Thomas, mais nous étions déjà dans le couloir. Je retins mon souffle. C'était celle-là. La porte fermée tapie dans son encoignure, sur notre gauche, telle une créature de l'enfer prête à m'avaler. Dans cette chambre, il y avait toutes les affaires de Thomas. Les vêtements encore imprégnés de son odeur. Les livres qu'il empilait à côté de son bureau. Le lit où il... où nous... qui...

J'ouvris la bouche pour dire quelque chose. N'importe quoi. Je ne pouvais pas entrer dans cette pièce, c'était au-dessus de mes forces !

Puis nous dépassâmes la porte et Josh alla en ouvrir une autre, tout au fond du couloir.

– Voilà. On est arrivés.

– Quoi ? Mais je pensais...

J'entrai dans la pièce la plus minuscule que j'avais jamais vue ; elle était à peine plus grande qu'un placard à Billings. Ses murs nus étaient couverts d'éclaboussures de peinture multicolores. Je reconnus le couvre-lit de Josh, celui qu'il avait dans son ancienne chambre. Le lit, le bureau et le placard étaient poussés contre un mur et trois chevalets étaient disposés contre un autre. Un troisième mur était occupé par une haute fenêtre étroite. Près de la porte se dressait un placard bourré de vêtements.

– Ils m'ont installé ici le lendemain de l'enterrement, après avoir fouillé toutes mes affaires pour chercher je ne sais quelles preuves, dit Josh en jetant sa sacoche sur son lit. Mon ancienne chambre est sous scellés...

– Mince ! Je n'avais pas pensé à ça...

– Eh oui, dit Josh, la mine sombre. C'est glauque, non ? C'est comme si…

Il s'arrêta au milieu de sa phrase et me regarda :

– Enfin bref, ça fait chier.

– Ouais, dis-je, faute de mieux.

Josh alla chercher une boîte tachetée de peinture dans un coin de la pièce et la hissa sur son bureau, poussant au passage quelques papiers et crayons qui traînaient. Il me parut soudain plus petit, plus vulnérable que d'ordinaire, et je réalisai à quel point j'avais été égoïste. J'ôtai mon manteau et le jetai sur le lit avant de m'y laisser tomber.

– Josh, je suis désolée ! dis-je. Tout le monde me demande sans arrêt comment je vais, mais moi, je ne t'ai jamais posé la question. Est-ce que ça va ?

Il soupira.

– Ouais, à peu près. Cette histoire est totalement surréaliste, mais bon… on fait avec…

Je le regardai avec insistance.

– Tu es toujours tellement calme, de bonne humeur… Je me demande comment tu fais pour encaisser tout ça.

Il baissa les yeux.

– J'ai mes méthodes…

Mmh… Très éloquent…

– C'est-à-dire ?

– Je vais te montrer. C'est pour ça que je t'ai amenée ici.

Il ouvrit la boîte, en sortit plusieurs pinceaux, puis récupéra un iPod dans la poche de sa veste et le posa dans la station d'accueil qui trônait sur son bureau. Il appuya sur une touche et la pièce s'emplit d'un son de guitare métallique. Je me retins de grimacer.

– Qu'est-ce que tu fabriques ? criai-je.

– Je t'aide à sortir de ta tête !

Il alla se planter devant le premier chevalet et ouvrit plusieurs pots de peinture. Il répéta l'opération près du second, puis me tendit un pinceau. Je le regardai, perplexe. Il ne voulait quand même pas que je peigne ?

Comme pour me montrer l'exemple, il plongea dans la couleur un gros pinceau rebondi.

– Voilà ce que je fais quand ça devient invivable dans ma tête, me dit-il.

Il souleva le pinceau gorgé de peinture et le balança contre la toile blanche, où il laissa une grosse balafre rouge, après avoir copieusement éclaboussé le mur.

– Essaie ! me cria Josh.

– Tu es fou ?

Un bref instant, ses yeux lancèrent des éclairs. J'hésitai et désignai les murs du menton.

– Ils vont être furieux quand ils verront dans quel état tu as mis la pièce.

Josh sourit et haussa les épaules. Je me demandai si j'avais rêvé en voyant passer une ombre sur son visage.

– Ils s'en fichent ! Je suis le pauvre type qui partageait la chambre du mort.

Il se tut et son expression changea, comme s'il venait de réaliser la dureté de ses paroles.

– Tout le monde se fiche de ce que je fais, ajouta-t-il.

– Ce n'est pas vrai, dis-je, compatissante.

Il parut soudain se rappeler ma présence.

– Non. Je ne voulais pas dire.... Je voulais... Bon, laisse tomber. Allez, à toi ! Je te promets que ça te fera du bien.

Il prit ma main et y glissa de force un pinceau. Mon pouls accéléra de le sentir si près, si exalté. Josh paraissait gonflé à bloc, et je l'enviais. Je m'obligeai à me lever et trempai le pinceau dans un pot de peinture bleue.

– Maintenant, balance-le, me commanda-t-il.

Je souris de toutes mes dents. C'était irrésistible. Être avec lui me rendait hilare. Quel mal y avait-il à cela ? Je levai le bras et projetai le pinceau devant moi. Presque toute la peinture atterrit sur le mur. Le reste se retrouva par inadvertance sur le visage de Josh, qui s'essuya la joue du bout des doigts.

Je le fixai un instant avant d'exploser de rire.

– Tu as raison, je me sens déjà beaucoup mieux ! déclarai-je.

Cela me faisait presque mal de rire, comme si je sollicitais des muscles qui n'avaient pas servi depuis longtemps. Josh fit volte-face et je reçus en pleine figure un pinceau gorgé de vert. Je ne l'avais pas vu venir, celui-là.

– Touché, dis-je en m'essuyant le front.

Je trempai mon pinceau dans un autre pot et ripostai. J'écopai en retour d'une balafre rouge sur mon pull noir. Je répliquai en le tartinant de jaune. Une seconde plus tard, nous nous bagarrions comme des chiffonniers, pliés en deux de rire. Josh me balayait littéralement avec son pinceau, laissant des traînées de couleur sur mes vêtements. J'avais de la peinture dans les cheveux, sur mes chaussures, sur mon jean préféré, mais cela m'était complètement égal. Jamais je ne m'étais autant amusée. Je ne m'étais pas sentie aussi légère depuis l'enterrement de Thomas. Je pouvais bien sacrifier quelques fringues.

Alors que Josh fondait sur moi, le pinceau levé, j'interceptai son bras. Il me prit par la taille et me fit virevolter. Je me dégageai et courus vers le mur. Josh était partout. Ses mains, ses doigts, son souffle, son rire, son poids... Je ne voyais plus que du flou, et mon cœur battait à cent à l'heure.

Il allait m'attirer à lui et m'embrasser, c'était certain. J'étais comme électrisée par cette pensée, et j'étais sûre qu'il le sentait. J'agrippai sa manche de chemise. Nous luttions désormais au corps à corps, et je sentais son souffle dans mon cou. Je le regardai.

« Embrasse-moi ! criaient mes pupilles. Embrasse-moi, s'il te plaît ! »

– Je pense que le violet t'ira très bien, dit Josh d'une voix rauque, en me forçant à reculer vers le mur. Qu'est-ce que tu en penses ?

J'étais hors d'haleine et j'avais mal au ventre à force de rire.

– Tu n'as pas intérêt ! le défiai-je.

Il continua d'approcher.

– Tiens-toi tranquille, Reed ! Laisse l'artiste faire son travail !

– Josh ! Non ! S'il te plaît ! hurlai-je lorsqu'il brandit de nouveau son pinceau.

Je plaquai mes mains sur son torse pour le repousser.

– Tu ne crois pas que tu as déjà fait assez de dégâts ?

Josh recula de quelques centimètres sans baisser son arme. Il avait le visage et les cheveux barbouillés de bleu, de vert et de jaune, ainsi qu'une traînée noire en travers de la joue. Il me regarda dans les yeux, souriant jusqu'aux oreilles.

Mon cœur faillit s'arrêter de battre. Je fixai ses lèvres barbouillées de peinture. Sa respiration devint saccadée.

« Vas-y, s'il te plaît. Embrasse-moi ! »

Ses yeux descendirent sur mes lèvres. Je plantai mon regard dans le sien.

« S'il te plaît, Josh. S'il te plaît… »

Alors, contre toute attente, il cligna des paupières et battit en retraite, si vite que je faillis tomber à la renverse.

– Tu as raison, dit-il. Assez de dégâts pour ce soir.

L'humiliation me brûla les joues. C'était impossible qu'il n'ait pas lu dans mes pensées. J'avais pratiquement dit « s'il te plaît » à voix haute. Il fallait que je sorte de là ! Vite ! Je m'éclaircis la gorge et m'essuyai les mains sur mon jean. Mon manteau et mon sac étaient miraculeusement épargnés, mais je ne pouvais pas les récupérer dans cet état.

– Où sont les toilettes ? lâchai-je.

– Dans le couloir, à droite.

Josh n'osait même plus me regarder.

– Ah oui, c'est vrai. Je m'en souviens.

Après m'être débattue avec la poignée de la porte, les mains couvertes de peinture, je fonçai dans le couloir. En entrant dans les toilettes, je fis sursauter un mec de Ketlar qui s'apprêtait à en sortir. Je m'approchai d'un lavabo immaculé. Le reflet que me renvoya le miroir était effrayant. Mes cheveux étaient emmêlés, poisseux. Mon visage ressemblait à une palette de peintre, mais c'était le dernier de mes soucis. Je ne voyais que mes yeux. Les yeux d'une fille qui venait d'essayer de séduire le meilleur copain de feu son petit ami.

Invitation

Le lendemain, je manquai le petit déjeuner. Je ne me sentais pas capable de regarder Josh en face. Au lieu d'aller à la cafétéria, je passai une demi-heure sous la douche, espérant que l'eau chaude, en plus de me brûler la peau, emporterait avec elle toutes mes pensées désagréables. Lorsque Natasha frappa à la porte de la salle de bains pour me demander si je venais, je lui répondis que j'avais besoin d'être seule. Elle n'insista pas. Encore un avantage d'être veuve...

Tout était calme quand je sortis dans la cour, mon manteau boutonné jusqu'au menton. J'avais prévu de marcher tranquillement jusqu'à la chapelle pour attendre le culte du matin, mais en levant la tête, j'aperçus Constance qui sortait de Bradwell. Elle me sourit, étonnée :

– Salut ! Qu'est-ce que tu fais dehors ?

– Je suis en retard. Et toi ?

Elle leva les yeux au ciel :

– J'étais au téléphone avec ma mère. Mon petit frère Trey a eu la varicelle et sa nourrice l'a attrapée, alors maman a pété un plomb. Du coup, elle parle en boucle de vaccination, de masques chirurgicaux et de fin du monde. Je t'ai déjà dit que ma mère n'avait pas toute sa tête ?

Je souris en coin. Constance savait s'y prendre pour me distraire.

– Et ta mère à toi, elle est comment ? me demanda-t-elle en toute innocence.

Je me mordis la langue pour chasser la colère qui me prenait chaque fois que je pensais à ma mère. De plus, je ne voulais pas être désagréable avec Constance. Je l'avais assez souvent rabrouée par le passé, et j'essayais de me rattraper.

– Disons qu'elle a pété un plomb il y a longtemps, et qu'on ne lui a toujours pas remis l'électricité, résumai-je.

Constance fronça les sourcils, puis gloussa.

– Tu es trop drôle, Reed.

– J'essaie, dis-je, pince-sans-rire.

Lorsque nous tournâmes le coin du bâtiment, je fus prise d'un haut-le-cœur. Josh patientait dehors, appuyé contre le mur de la chapelle. Son jean était effiloché et son manteau ouvert laissait apparaître une vieille veste en velours côtelé, sur un T-shirt à l'effigie d'un groupe de rock.

Il s'avança à notre rencontre... preuve qu'il m'attendait.

– Salut, dit-il avec hésitation.

– Salut.

Il regarda Constance qui m'observa à son tour, perplexe. Est-ce que ma confusion se lisait sur mon visage ?

– Tu n'as pas pris de petit déjeuner, me dit-il.

– Exact.

– Je peux te parler ? continua-t-il, une main dans la poche, l'autre soutenant ses livres sur sa hanche.

– D'accord.

– On se retrouve à l'intérieur, me lança Constance avant de disparaître dans la chapelle.

– Qu'est-ce qu'il y a ? demandai-je à Josh.

Il m'invita d'un signe de tête à m'éloigner de la porte, où s'agglutinaient les élèves pressés de se mettre au chaud. J'obéis. Mon cœur battait la chamade. Allait-il faire allusion à ce qui s'était passé la veille au soir ? Me dire que c'était mal et qu'il ne voulait plus me voir en tête à tête ?

Il s'arrêta et se tourna pour me faire face.

– Mon frère Lynn et sa copine viennent de Yale demain pour voir comment je vais, dit-il.

Cette réponse inattendue et le ton badin sur lequel il l'avait prononcée me déstabilisèrent complètement.

– Ah...

– Mes parents sont en Allemagne et ils sont inquiets pour moi, après tout ce qui s'est passé. Alors, ils m'envoient du renfort. On va sûrement aller passer la journée à Boston. Ça te dirait de nous accompagner ?

Je mis du temps à répondre. Autour de nous, les élèves parlaient et riaient. Chaque jour qui s'était écoulé depuis l'enterrement de Thomas avait rendu un peu d'entrain à mes camarades. Après deux semaines à peine, ils paraissaient avoir retrouvé leur vivacité habituelle.

– Alors, tu es d'accord ? insista Josh.

– D'accord ? Pour venir à Boston ?

– Ouais.

– Avec toi, ton frère et sa copine ?

Cela sentait un peu le traquenard...

– Ouais, fit Josh, gêné. Ce n'était pas clair ?

Je regardai mes pieds en souriant. Il était vraiment trop mignon...

– Ça pourrait être sympa, souligna Josh en me poussant du coude. Et ça nous ferait du bien de sortir d'ici... de faire autre chose...

Cette perspective commença par m'exciter, puis, comme d'habitude, je passai en un éclair de la joie à la culpabilité. Que devais-je faire ? Rester fidèle au souvenir de mon petit ami assassiné, ou tenter de redonner un sens à ma vie ?

Je savais ce qu'en pensaient Noëlle et Ariana. Pour elles, je devais éviter à tout prix de me morfondre. Josh me proposait une journée de détente. Quel mal y avait-il à cela ?

Sans compter que cette petite escapade me permettrait peut-être de découvrir ce qu'il y avait réellement entre nous.

– D'accord, dis-je en haussant les épaules. Pourquoi pas…

Josh me fit un grand sourire et mon cœur bondit. Apparemment, j'avais pris la bonne décision.

Premiers de la classe

Aucune lumière n'était allumée dans la chapelle. Le soleil de novembre y diffusait une lueur terne qui faisait paraître les visages flous, comme dans un tableau impressionniste. Je me faufilai entre deux rangées de bancs pour aller prendre place entre Constance et Diana. J'étais à peine assise que les portes se fermèrent. La pénombre s'accentua.

– Que se passe-t-il ? demandai-je.

Un frisson de peur irrationnelle descendit le long de mon dos.

– C'est les premiers, chuchota Diana, tandis que la salle faisait le silence.

– On dirait que même un meurtre ne les empêche pas de sortir les vestes du placard, murmura quelqu'un derrière moi.

Quoi ? Je n'avais rien compris.

– C'est quoi « les premiers » ?

– Chuuut !

Comme le jour de la rentrée, deux élèves de troisième sortirent de l'ombre et allèrent allumer des lanternes près de l'autel. Elles diffusèrent aussitôt une lumière chaude et réconfortante. Le doyen Marcus quitta sa chaise et monta sur l'estrade.

– Tradition, Honneur, Excellence, entonna-t-il.

– Tradition, Honneur, Excellence, reprîmes-nous en chœur.

– Mesdemoiselles et messieurs, aujourd'hui est un jour de fête ! annonça-t-il.

Sa voix forte résonna un instant entre les murs de pierre, avant qu'il poursuive :

– Nous autres, membres de cette vénérable institution, ne laisserons pas les récents événements, aussi terribles soient-ils, nous détourner de notre but ultime. Nous continuerons à faire notre possible pour atteindre l'excellence dans tous les domaines. Aujourd'hui, j'ai le plaisir de vous révéler les noms des élèves qui ont reçu les premiers honneurs pour le premier trimestre de cette année scolaire.

– Bravo ! s'écria un professeur en levant le poing.

Un tonnerre d'applaudissements lui répondit.

– Comme de coutume, je commencerai par les élèves de troisième. Si j'appelle votre nom, levez-vous et venez recevoir votre veste de fondateur, dit le doyen.

Pour la première fois depuis des jours, je vis un soupçon de sourire éclairer son visage. Cet homme était accro à la tradition.

– Dans la classe de troisième, les élèves qui ont reçu les meilleures notes ce trimestre sont… April Park et Carson Levere.

Tout le monde applaudit. Je me penchai vers Diana.

– Une veste de fondateur ?

– Le garçon et la fille qui ont les meilleures moyennes reçoivent le privilège de porter toute la journée les vestes des membres fondateurs du lycée, m'expliqua Diana sans cesser d'applaudir.

Sur l'estrade, le doyen brandit un blazer bleu aux armoiries d'Easton et le déposa sur les épaules d'Avril Park.

– C'est un immense honneur, poursuivit Diana. Certains ici seraient prêts à tout pour enfiler cette veste.

Effectivement, Avril rayonnait et ses yeux brillaient de larmes contenues. Elle effleura la manche de sa veste du bout des doigts, comme si elle était faite d'or filé. Elle mourait visiblement d'envie de téléphoner à ses parents pour leur annoncer la nouvelle. Peut-être lui offriraient-ils un poney…

Un bref survol de la salle m'indiqua que tous les élèves étaient penchés en avant, plongés dans l'expectative. C'était une affaire sérieuse.

April et Carson se rangèrent sur le côté et les applaudissements se turent.

– Dans la classe de seconde…, reprit le doyen Marcus en fixant une page posée sur le lutrin devant lui.

Je regrettai soudain de ne pas avoir ouvert ma boîte aux lettres pour prendre connaissance de mes notes. Je n'avais aucun espoir d'être appelée, mais tout de même, j'aurais préféré être sûre que mon nom ne figurait pas sur la liste.

– … Kiki Rosen et Corey Snow.

– Oh ! Kiki ! s'écria Diana, en poussant du coude sa camarade de chambre.

Au début, je crus que l'intéressée n'avait pas entendu, que sa musique l'assourdissait comme toujours. Mais elle ôta lentement ses écouteurs et se leva, impassible. Ce n'est que lorsque la veste fut sur ses épaules qu'elle ébaucha un sourire. Je ressentis alors un pincement de jalousie, et m'émerveillai de ce sentiment : je pensais enfin à autre chose qu'à Thomas !

– Vous saviez qu'elle était aussi brillante ? nous demanda Constance.

– Non. Peut-être qu'elle écoute ses cours en boucle sur son iPod, suggéra Diana.

– Dans la classe de première, pas de surprise, continua le doyen. Les lauréats sont Taylor Bell et Lance Reagan.

J'applaudis Taylor de toutes mes forces. Cependant, quand elle passa devant nous, cachée derrière ses cheveux, les yeux rivés au sol, mon moral retomba dans mes chaussettes. J'aurais aimé la voir sautiller vers l'estrade, tout excitée. La Taylor pétillante que j'avais rencontrée au mois de septembre me manquait.

– Et enfin, dans la classe de terminale..., commença le doyen Marcus.

– ... Noëlle Lange et Dash McCafferty, acheva Diana avec un léger roulement d'yeux et un sourire.

– Quoi ? dis-je.

– Ce sont toujours eux les meilleurs, expliqua Diana. Tous les ans depuis la cinquième. Jamais de concurrence.

– Ariana Osgood...

L'étonnement général fut presque palpable. L'assemblée retint son souffle, tandis que tous les regards, ébahis, convergeaient vers Noëlle. Celle-ci avait déjà levé son derrière du banc et Ariana, assise à côté d'elle, semblait interdite. Le temps parut suspendu, puis Noëlle se rassit lourdement.

– Et Dash McCafferty ! termina le doyen.

Dash se leva, confus. Ariana chuchota quelques mots à Noëlle avant de le rejoindre dans l'allée. Ils marchèrent avec raideur vers l'autel. Quiconque ne regardait pas Ariana fixait Noëlle, qui s'appliquait à garder les yeux rivés droit devant elle, la mâchoire crispée.

– Que s'est-il passé ? chuchota une voix.

– Noëlle va piquer une crise, fit une autre.

Sur l'estrade, le doyen posa la veste sur les épaules d'Ariana, qui rayonnait. Jamais je ne l'avais vue sourire aussi béatement.

Humeur

Comment vas-tu ? me demanda Constance à la fin de notre cours d'histoire.

– Ça va… Enfin, je crois.

Je serrai mes cahiers contre moi et m'écartai à contrecœur pour laisser le passage à deux mecs de notre classe. J'avais hâte de sortir de là. Depuis quelque temps, j'avais sérieusement la bougeotte. Où que j'aille, j'étais pressée d'en partir.

Enfin, la bonne nouvelle, c'était que j'avais réussi à limiter les dégâts avec le quiz du jour. Après avoir quitté Josh la veille au soir, j'étais plus énervée que si j'avais absorbé dix cafés serrés. Incapable de fermer l'œil, j'avais passé la nuit à réviser sous ma lampe de bureau et engrangé assez d'informations pour m'en sortir honorablement. C'était tant mieux, car après l'éprouvante cérémonie des premiers honneurs, je m'étais précipitée à ma boîte aux lettres pour récupérer mes notes. Rien que des B. Partout, sauf en histoire. Barber, grâce à mes excellentes notes aux quiz (merci, Taylor !), avait été obligé de me mettre un A. Maintenant que j'en avais un, j'avais envie de le garder, voire d'en récolter un second au trimestre suivant. Si seulement je pouvais me débarrasser de mes pensées obsessionnelles...

– Qu'est-ce qui s'est passé entre toi et Josh Hollis ? m'interrogea Constance.

– Il ne s'est rien passé entre Josh et moi, mentis-je.

Je poussai la porte de la cage d'escalier si fort que je faillis défigurer April Park. Elle me fusilla du regard. Apparemment, elle se prenait pour quelqu'un avec sa veste de fondateur et sa célébrité toute neuve.

– Désolée ! dis-je.

Elle parut soudain réaliser à qui elle avait affaire et s'écarta sans piper mot.

Eh oui ! Fille Billings et veuve Pearson contre premiers honneurs, veste de fondateur et classe de troisième. Passe ton chemin, ma grande !

– C'est sûr ? insista Constance. Parce que je... j'ai trouvé que vous vous parliez bizarrement tout à l'heure. Comme s'il s'était passé un truc entre vous.

Je sentis la moutarde me monter au nez.

– Tu as trouvé qu'on se parlait bizarrement, répétai-je en serrant imperceptiblement les poings.

– Ben oui… et comme c'était le camarade de chambre de Thomas, et tout… je me suis dit que peut-être…

Cette fois, c'était trop. Je perdis ce qu'il me restait de sang-froid.

– Eh bien non, on ne se parlait pas bizarrement ! répliquai-je d'un ton sans appel. Je te conseillerais de mieux régler ton radar, à l'avenir.

Constance se décomposa, comme si je venais de lui arracher sa sucette pour la jeter dans le caniveau.

Je tournai sur mes talons et m'éloignai. J'aurais peut-être dû me mordre la langue avant de l'agresser, mais mon endurance avait des limites. Est-ce que je ne pouvais pas lever le petit doigt ici sans être soumise à un interrogatoire ? Sans être jugée ? Pourquoi chacun se sentait-il autorisé à me dire comment mener ma vie ? Quoi que je fasse, un millier de personnes m'observaient et y allaient de leur petit commentaire. C'était insupportable ! J'avais envie qu'on me fiche la paix. Était-ce trop demander ?

Deux filles de première chuchotèrent sur mon passage. Je les ignorai, décidant que j'avais passé assez de temps sous les projecteurs. Il était urgent que ça s'arrête, avant que je craque.

Fureur

– Brennan, qu'est-ce que tu fabriques ? Passe la balle ! Brennan !

J'ignorai Mme Lisick, notre coach, et fonçai à pleine vitesse vers les buts adverses, feintant une de mes camarades si brusquement qu'elle tomba face contre terre. Tant pis pour elle ! La balle était à moi.

L'effort me donnait chaud, mais la sueur qui perlait sur ma nuque et sur mon cuir chevelu était glacée. Un vent mordant soufflait, qui m'incitait à courir encore plus vite. À chaque foulée, je gagnais en assurance. Ici, il n'y avait personne pour me dévisager, me juger ou me montrer du doigt. Il n'y avait que moi. Moi et ma fureur. Ça allait saigner !

Du coin de l'œil, je vis Maddy Sullivan fondre sur moi tête baissée. Avec son mètre quatre-vingts et ses quatre-vingts kilos de muscles, Maddy avait un physique de lutteuse professionnelle et la réputation de ne pas faire de cadeaux.

– Approche, tu vas voir ! dis-je entre mes dents.

J'avais besoin de me défouler sur quelqu'un. Elle ferait l'affaire, tout comme n'importe qui.

Maddy me percuta de plein fouet, mais je m'y étais préparée : elle aurait pu aussi bien frapper un mur de briques. Surprise, elle chancela, puis chargea de nouveau. Je m'attendais à un second coup de boutoir, mais elle me feinta en me subtilisant habilement le ballon.

– Merde ! pestai-je à mi-voix.

Je fis volte-face pour poursuivre la balle. C'était la mienne ! Personne ne me la prendrait !

Maddy fit une passe à Bernadette Baskin, qui en fit une autre à Karin Morris au nez et à la barbe de Noëlle.

– C'est moi qui me tape tout le boulot, ici ! hurlai-je. Vous vous reposez sur vos lauriers !

Je traversai le terrain comme une flèche. C'était ma balle et j'allais la récupérer, coûte que coûte !

Karin commit l'erreur de s'arrêter pour évaluer la situation. Je me précipitai sur elle comme un bolide, accélérant encore à mesure que j'approchais. Elle reculait le pied pour faire une passe quand j'arrivai dans son dos. Je la poussai en avant, les bras tendus. Karin eut un cri de surprise avant de tomber à plat ventre.

– Je te prends ça, lui dis-je en récupérant le ballon.

Le sifflet retentit. Ou plutôt, il hurla. Le coach traversa le terrain au pas de course.

– C'était quoi, ça ? beugla Maddy.

– Quoi ? Il n'y a pas faute ! protestai-je.

– Tu rigoles, répondit Maddy.

Derrière moi, quelqu'un aida Karin à se relever. Elle toussa de façon théâtrale.

– Mauviette ! marmonnai-je.

– T'as un problème ? reprit Maddy en me donnant une bourrade.

– Ouais ! C'est toi, mon problème ! rétorquai-je, furieuse.

– Stop ! Ça suffit. Reculez, toutes les deux ! intervint Noëlle.

Elle s'interposa entre nous et leva les mains. Je regardai Maddy d'un air de défi. Tout le monde ici savait de quel côté Noëlle allait se ranger. Je vis même plusieurs filles rouler les yeux par anticipation.

Noëlle inspira profondément et s'adressa à moi :

– File à la douche, Reed ! Ça suffit pour aujourd'hui.

Mes joues s'empourprèrent. L'humiliation était cuisante. Maddy afficha un rictus suffisant. Je crus même l'entendre grogner de plaisir.

– Mais... Noëlle !

– Elle a raison, Brennan, dit le coach. Va te calmer.

– Mais je suis calme, protestai-je.

– Non ! trancha-t-elle. C'était ta troisième action limite aujourd'hui. En match, tu aurais reçu un carton rouge il y a vingt minutes. Maintenant, file au vestiaire avant de blesser quelqu'un. J'ai besoin d'une équipe en pleine forme ce week-end.

Des rires fusèrent et les autres filles me toisèrent avec ironie. Je les ignorai. La seule chose qui m'importait, c'était que Noëlle m'avait trahie. En la dépassant pour rejoindre les gradins, je la fusillai du regard. Quelle mouche l'avait piquée de prendre le parti de Maddy et Karin ? Je croyais que les filles Billings devaient se soutenir mutuellement, quoi qu'il arrive.

– Reed !

Noëlle courait derrière moi. Je continuai sans m'arrêter.

– Reed !

Elle m'attrapa par le bras. Je me dégageai si brusquement que ses ongles me griffèrent.

– Reed, qu'est-ce qui se passe ?

Je fis brusquement volte-face.

– Écoute, Noëlle, je suis désolée que tu n'aies pas eu les premiers honneurs comme d'habitude, mais ce n'est pas une raison pour t'en prendre à moi.

Elle me regarda comme si je venais de la gifler, puis ses yeux s'emplirent d'une rage difficilement contenue.

– Ne parle pas de ce que tu ne comprends pas, lèche-vitres, dit-elle.

C'était la première fois depuis des semaines qu'elle employait ce sobriquet méprisant.

– Je vais te pardonner pour cette fois, enchaîna-t-elle, car c'est évident que tu n'as pas toute ta tête.

Je levai les yeux au ciel.

– N'importe quoi ! Et au fait… merci pour ton soutien sur le terrain !

Elle me fixa un instant sans rien dire.

– On va bientôt jouer notre dernier match, lâcha-t-elle enfin. Lisick a raison. Tu risquais de blesser quelqu'un.

– Depuis quand ça te concerne ?

Je me remis en route. Je disais n'importe quoi. Je m'en rendais compte, mais j'étais excédée.

Noëlle n'abandonna pas pour autant. Elle me barra le passage et ses yeux noirs cherchèrent les miens.

– Reed, si c'est au sujet de Thomas…

– Je ne veux plus parler de Thomas ! hurlai-je.

Elle ne cilla même pas.

– Reed, il faut que tu te calmes. Tu devrais…

– Je devrais… Je devrais… Vous allez bientôt arrêter de me dire ce que je devrais faire ? braillai-je.

Cette fois, quand je la contournai et m'éloignai au petit trot, elle ne tenta pas de me retenir.

Kidnapping

Je me réveillai en sursaut. Je crus d'abord à un tremblement de terre, bien qu'ils ne fussent pas très fréquents dans le Connecticut. Puis j'entendis des chuchotements et je vis des ombres se dessiner sur les murs. Ce n'était pas un tremblement de terre. Ce n'étaient que les filles Billings !

– Qu'est-ce que...

– Elle est réveillée ! dit Noëlle. Vite, mettez-lui le bandeau !

– Qu-quoi..., bredouillai-je, interdite.

On me banda aussitôt les yeux avec un foulard de soie, me tirant les cheveux au passage.

– Ouille !

– Désolée. C'est trop serré ? fit Ariana d'une voix suave, sans se soucier de me soulager.

– Qu'est-ce que vous fabriquez ? demandai-je.

Je trouvai à tâtons le nœud à l'arrière de ma tête. Quelqu'un me prit le poignet et m'obligea à le baisser.

– On te kidnappe, répondit Kiran. Laisse-toi faire.

Elles me kidnappaient ! Et moi qui croyais qu'elles avaient renoncé à me harceler ! Ces filles ne me laisseraient-elles jamais en paix ?

Elles rabattirent mes couvertures et l'une d'elles me tira par les chevilles, de sorte que mes jambes se retrouvèrent au-dessus du sol. Je tentai de nouveau de me débarrasser du bandeau. Je reçus une claque sur la main, si fort que la peau me brûla.

– Ne me force pas à sortir les menottes, dit Kiran.

J'entendis des tiroirs s'ouvrir et se refermer, puis des chuchotements incompréhensibles.

– Qu'est-ce que vous faites ? demandai-je, une boule dans la gorge.

– Mettez-lui son sweat bleu, commanda Natasha. Ses chaussettes sont là-dedans...

Personne ne me répondait. Pourquoi ne me répondaient-elles pas ? Sous ce bandeau, j'étais plongée dans la nuit noire. Mes paumes me démangeaient et j'avais du mal à respirer.

« Allez, Reed, détends-toi. Ne leur fais pas le plaisir de paniquer. »

– C'est très bien tout ça, mais moi je vais me recoucher ! annonçai-je en cherchant de nouveau à arracher mon bandeau.

Je reçus une autre claque qui m'envoya dans les veines une décharge d'adrénaline.

– Arrêtez de me frapper ! criai-je.

– Arrête de m'y obliger, répliqua Kiran.

– Kiran…

On ramena soudain mes cheveux en arrière et je sentis un souffle chaud dans mon oreille. Je me figeai.

– Tais-toi, Reed ! me chuchota sévèrement Noëlle. On fait ça pour ton bien.

On m'enfila des chaussettes, puis des chaussures. Je fis mon possible pour me calmer.

– Maintenant, debout !

Quatre mains me tirèrent sur mes pieds et m'obligèrent à faire demi-tour. Puis on me poussa par-derrière et je basculai en avant. Je n'avais plus le contrôle de mon corps, et j'étais terrorisée. Il me semblait que d'un instant à l'autre, j'allais tomber dans l'escalier ou recevoir quelque chose en pleine figure. Les filles s'étaient tues, mais je sentais leur présence toute proche, et cela n'avait rien de rassurant.

En sortant de la chambre, je me tordis le cou pour essayer de faire glisser le bandeau, afin de voir où elles m'emmenaient. Est-ce qu'en mettant Noëlle en colère la veille, j'avais commis une erreur fatale ? Avant de m'inviter dans leur dortoir, quand les filles Billings me persécutaient au quotidien, elles n'avaient jamais eu recours à de telles pratiques. Des dizaines d'histoires de bizutage tragiques me revinrent en mémoire, et mes tempes se mirent à bourdonner.

Une demi-seconde, je crus apercevoir un rai de lumière. Puis quelqu'un me posa mon manteau sur les épaules et rabattit la capuche devant mon visage. Tout redevint noir.

J'étais à la merci de mes ravisseuses.

Kidnapping (suite)

L'air frais sur mon visage me revigora un peu. Je crus deviner que nous traversions la cour en diagonale, à découvert. Quelqu'un allait forcément nous voir et mettre fin à cette folie. Quelle heure était-il, d'abord ? Pourquoi l'inspecteur Hauer n'était-il pas dehors, en train de faire sa promenade matinale ? Pour une fois que j'avais besoin de lui...

Je n'avais pas spécialement envie que mes amies se fassent arrêter, mais je ne voulais pas non plus me retrouver la tête rasée, ou abandonnée au fond des bois, en petite tenue.

– Par ici. Faites le tour, indiqua Noëlle à mi-voix.

On me poussa vers la droite. Je titubai et me cognai contre quelqu'un. Une personne plus petite que moi, au contact assez doux. Était-ce Taylor ? Natasha ? Si elles étaient là toutes les deux, il ne m'arriverait rien de fâcheux.

Natasha était à peu près raisonnable, et Taylor trop froussarde pour vraiment enfreindre le règlement. Du moins, je l'espérais.

Une rafale de vent souleva ma capuche, mais je ne distinguai rien de plus qu'un flou de motifs bleus et verts, ceux du bandeau. Puis j'entendis un moteur ronronner tout près et je sentis l'odeur âcre du diesel. Mon ventre se noua. Elles m'emmenaient à l'extérieur du campus !

– S'il vous plaît, les filles, les implorai-je d'une voix étranglée. Dites-moi ce que vous...

– Monte ! m'ordonna Noëlle.

Une poussée au creux des reins me fit basculer. Je projetai les mains en avant et me retins au côté de la voiture. La vitre était couverte de givre.

– Attention à sa tête, commanda Noëlle.

Une main puissante m'appuya sur la tête et j'entrai tant bien que mal dans l'habitacle. Une forte odeur de désodorisant à la vanille m'emplit les narines. Je me laissai tomber sur la banquette et cherchai aussitôt à me débarrasser du bandeau. Ma voisine me devança et m'arracha le foulard. Des larmes me montèrent aux yeux.

– Surprise !

J'entendis un pop, suivi d'un cri strident, et je sentis un liquide dégouliner sur mon pied. Je clignai des yeux plusieurs fois pour tenter de faire le point. Taylor, Natasha et Kiran étaient face à moi à l'arrière d'une limousine.

Elles étaient sur leur trente et un, fraîches et rayonnantes. Assise près de moi, Noëlle brandissait une bouteille de champagne écumante, tandis que Natasha distribuait des coupes à la ronde.

– Qu'est-ce que vous fabriquez ?

– Reed Brennan, c'est ta journée ! annonça Ariana en me prenant la main.

Ses doigts étaient glacés ; pourtant, son geste me réconforta.

– Christov, on y va ! cria Noëlle. Cette caisse ne va pas se conduire toute seule !

– Oui, m'dame, dit chauffeur.

Il appuya sur un bouton et une vitre teintée monta en coulissant, nous isolant de lui. Natasha souleva son derrière du siège pour allumer une chaîne hi-fi encastrée dans le plafond. Deux secondes plus tard, une musique festive emplit l'habitacle. C'était apparemment une forme de kidnapping inédite.

– Tiens, Reed, bois un coup ! dit Noëlle en m'offrant une coupe pleine.

– Quelqu'un va-t-il me dire ce qu'on fait là ? demandai-je.

– On t'emmène au spa ! s'écria Taylor en buvant son champagne d'une traite.

– Kiran connaît un salon hyper-sélect à Boston, expliqua Ariana en lissant sa jupe. Il est réservé aux top models et aux actrices de cinéma.

– Et à quelques politiciens, ajouta Kiran en vidant sa coupe. Du moment qu'ils sortent avec des mannequins ou des actrices.

– On a demandé à Suzel de tirer les bonnes ficelles pour nous procurer des pass à la journée, dit Noëlle avec un sourire. Cette fille est un amour ! roucoula-t-elle.

– Vive Suzel ! s'écrièrent ses amies en trinquant.

– Qui est Suzel ? me renseignai-je.

– Suzel ? Susan Llewelyn. Une ancienne de Billings. On l'adore, chantonna Kiran.

– À Suzel ! s'écrièrent-elles de nouveau.

– Suzel trouvait que tu avais bien mérité un peu de distraction, dit Ariana.

Je m'étonnai que Suzel puisse savoir ce que je méritais, alors que je ne l'avais jamais rencontrée.

– C'est ta journée, répéta Taylor, tout sourires.

– L'occasion de te vider la tête, compléta Natasha.

– Exactement ! On est là pour toi, Reed, dit Noëlle. Massages, soins du visage, manucure, pédicure... On t'offre tout ce qu'il te faut pour te détendre.

Je regardai ses épais cheveux propres et brillants, qui embaumaient, et je me dis que je devais avoir l'air ridicule avec mon bas de pyjama et mes baskets. Sans parler de mes propres cheveux, gras et emmêlés... J'aurais donné cher pour pouvoir prendre une douche.

– Et c'est pour ça que vous m'avez kidnappée ? m'étranglai-je.

– Ah… l'enlèvement, c'est ma petite revanche, dit Noëlle.

– La revanche est son passe-temps favori ! rappela Kiran en levant son verre pour trinquer avec son amie.

Les autres l'imitèrent, comme si cela faisait partie des choses à fêter. Seule Natasha s'en abstint, et elle avait ses raisons.

– Tu ne pensais quand même pas t'en tirer comme ça, après ton petit numéro d'hier ? reprit Noëlle.

Elle me sourit d'un air malicieux, et je ne résistai pas à l'envie de lui rendre son sourire. Avec elle, pas de demi-mesure : on l'aimait ou on la détestait. Et ce jour-là, comme elle m'enlevait du campus en limousine pour me conduire dans un spa luxueux, je décidai de l'aimer.

Même si c'était provisoire.

Dorlotée

– London ? Une réduction mammaire ? Jamais de la vie ! s'écria Kiran en quittant le siège moelleux où elle s'était installée pour recevoir un soin du visage.

Elle s'avança vers le comptoir où s'alignaient douze mimosas frais, et se servit.

– Elle tient trop à ses bonnets D, ajouta-t-elle.

Taylor haussa les épaules :

– Je ne fais que répéter ce que j'ai entendu.

– J'ai peut-être tort, mais je ne crois pas la moitié des rumeurs qui circulent à Easton, dit Natasha, un rien moqueuse.

Ce commentaire visait directement ses camarades.

– Je croyais que vous étiez censées rester allongées, leur rappelai-je.

Natasha sourit béatement, un coussinet sur les yeux, inspirant et expirant comme on le lui avait recommandé.

Quelques minutes plus tôt, Kiran, Natasha et moi étions seules avec nos esthéticiennes dans ce petit salon du spa parfumé à la fleur d'oranger. Noëlle, Ariana et Taylor venaient de nous y rejoindre.

– À mon avis, Taylor, tu es passée à côté d'un détail important, dit Noëlle en abandonnant son magazine.

Le visage tartiné de gomme violette, elle était assise sur le sofa de cuir, dans un coin de la pièce. Ses cheveux étaient emprisonnés dans une serviette blanche et des diamants étincelaient à ses oreilles. Lorsqu'elle croisa les jambes, son peignoir en nid d'abeille s'ouvrit et dévoila sa cuisse.

– London a fait courir la rumeur qu'elle allait se faire opérer pour que Vienna prévoie la même chose pendant les vacances de Noël, expliqua-t-elle.

– Les villes jumelles sont toujours en compétition, commenta Ariana.

Elle s'adossa au mur, les bras et les jambes croisées. Ses cheveux blonds flamboyaient dans la lumière rosée.

– L'idée, c'est que Vienna revienne de vacances toute plate, continua Noëlle. Ainsi, London…

– … sera la seule Pamela Anderson du campus, termina lentement Kiran. C'est futé.

– Et c'est pourquoi je n'en crois pas un mot, insista Natasha. Je vous rappelle qu'on parle de London. La fille qui croyait que le lait fraise colorait les os en rose.

– Sans blague, dit Ariana, ébahie.

– Ma main à couper ! répondit Natasha. Le meilleur étant, bien sûr, qu'elle voulait que les siens deviennent roses.

Tout le monde rit, même Teresa, l'esthéticienne qui s'occupait de mon visage. Elle secoua la tête sans cesser de me tapoter les tempes.

– Vos amies sont de sacrés numéros, dit-elle avec un léger accent italien.

– Ce n'est rien de le dire…, approuvai-je en souriant.

– Voilà, c'est fini ! m'annonça-t-elle. Relaxez-vous pendant vingt minutes. On viendra ensuite vous faire le gommage et le tonique.

– Merci, lui dis-je en m'asseyant.

Elle m'offrit un verre d'eau de concombre, puis nous quitta. Je m'étais mise à sourire sans même m'en rendre compte. Mon corps était parfaitement détendu et j'avais l'impression que plus rien d'autre ne comptait. Tout le monde devrait se faire faire un massage du visage chaque mois, au même titre qu'une coupe de cheveux. Ma mère aurait été autrement plus cool si elle s'était fait ainsi pomponner. Peut-être qu'alors, mon enfance n'aurait pas été cette succession de psychodrames, et qu'elle n'aurait pas ressenti le besoin d'avaler toutes ces pilules.

– Tu as l'air heureuse, dit Ariana en sirotant son mimosa.

– Je le suis.

Noëlle et Ariana échangèrent un regard approbateur. Au même instant, un téléphone portable se fit entendre. Je reconnus ma sonnerie et me précipitai pour répondre. Mon cœur s'emballa quand je vis le nom de Josh s'afficher.

– Qui c'est ? demanda Ariana.

– C'est Josh.

J'allais prendre l'appel, quand Noëlle me confisqua le téléphone.

– Pas d'hommes !

Elle éteignit le portable et le glissa dans sa poche de peignoir.

– Mais, je...

– C'est notre journée, dit Noëlle en levant un doigt. Pas d'hommes !

Je regardai sa poche avec hésitation. Que pouvais-je faire ? Le récupérer de force ? Je ne voulais même pas imaginer les conséquences d'un tel acte. Et je n'allais pas me disputer maintenant, alors que je me sentais si bien.

– Josh..., murmura Kiran, songeuse. Vous discutez pas mal, ces temps-ci, tous les deux.

Elles se mirent toutes à me fixer en silence sous leurs masques verts, violets ou blancs. Pour la première fois depuis que Noëlle nous avait rejointes, l'apaisante musique de flûte qui sortait de baffles invisibles devint distincte.

– On a dit « pas d'hommes », leur rappelai-je en allant me chercher un verre. Je suggère donc qu'on change de sujet.

– Elle a raison, dit Ariana. De quoi parlait-on déjà ?

– De quoi parlait-on…, répéta Kiran en troquant son verre vide contre un plein. Ah, oui, de chirurgie esthétique. Est-ce que vous seriez prêtes à passer sur le billard ?

– Évidemment ! Pour garder ça, dit Noëlle en montrant son visage violet. À vrai dire…

Elle jeta un coup d'œil autour d'elle avant de terminer :

– … je l'ai déjà fait.

– Quoi ? m'étranglai-je.

– Non ! s'écria Kiran. Et comment se fait-il que je ne sois pas au courant ?

– Allons, les filles, un nez pareil n'existe pas dans la nature, s'esclaffa Noëlle.

Je contemplai son nez. Il était parfait. Cela dit, je n'arrivais pas à croire que Noëlle n'était pas née parfaite.

– Je me suis fait refaire le menton, signala Kiran. Quand j'avais douze ans.

– Tes parents t'ont autorisée ? demanda Natasha, consternée.

Kiran haussa les épaules :

– C'est même ma mère qui m'a incitée. Elle prétendait que je ne ferais jamais carrière avec mon menton de sorcière. Alors… couic !

Elle fit le mouvement de trancher son menton d'une main. Je grimaçai. Le geste était assez éloquent.

– C'est méchant, dit Taylor. Surtout de la part de ta mère.

– Clarissa Hayes est odieuse, c'est bien connu, dit Noëlle d'un ton neutre.

Kiran fixa un point sur le sol.

– Peut-être, mais on ne me verrait pas sur les panneaux d'affichage à New York si elle ne l'avait pas été.

Elle avala une longue gorgée de mimosa.

– Est-ce que quelqu'un d'autre à Billings s'est fait refaire quelque chose ? demanda Natasha.

J'eus l'impression qu'elle changeait de sujet pour faire plaisir à Kiran, plus que par réel intérêt. À part l'histoire du lait-fraise, je ne l'avais jamais entendue colporter de ragots.

– Il paraît que Cheyenne prend des hormones de croissance depuis l'âge de dix ans, parce que les médecins lui ont prédit qu'elle ne dépasserait pas les un mètre cinquante, dit Taylor.

– C'est évident, commenta Noëlle. Regardez ses bras. Vous l'avez déjà vue assise ? Elle a les mains qui traînent par terre !

Et voilà ! Le train des ragots était lancé et s'autoalimentait. Comme je n'avais rien à dire pour nourrir la conversation, je me renversai dans mon siège, fermai les yeux et écoutai distraitement les bavardages de mes amies.

Nouveaux sanglots

Lorsque j'enfilai le couloir aux côtés de Natasha, après nos manucures et pédicures respectives, j'étais parfaitement relaxée. Mon visage me picotait, mes ongles étaient épais de vernis et mes pieds doux comme des oreillers. Était-ce ainsi que Kiran et les autres filles se sentaient en permanence ? Si oui, cela expliquait leurs airs supérieurs. Je me trouvais très belle.

Je regrettai soudain que Thomas ne puisse me voir, et le chagrin m'envahit. Mais c'était un sentiment plus doux que le mélange de colère et de confusion que j'éprouvais depuis sa mort. Il ressemblait davantage à de la nostalgie.

– Alors, c'était une bonne idée ? chuchota Natasha.

L'atmosphère feutrée qui régnait dans l'établissement nous incitait à parler à voix basse.

– J'avais un doute, ajouta-t-elle.

– C'était une idée géniale ! la rassurai-je. Je me sens presque redevenue moi-même.

Je poussai la porte donnant sur les vestiaires et m'arrêtai net. Je venais de reconnaître les reniflements de Taylor. Natasha m'imita, et je me sentis soudain plus proche d'elle que jamais. Nous étions complices. Étant donné toutes les conspirations dont j'avais été victime depuis mon arrivée à Easton, cela n'était pas désagréable d'être de l'autre côté, pour une fois.

– Taylor, je t'en prie, calme-toi. Ça va aller, disait Kiran d'une voix apaisante.

Je ne l'avais jamais entendue parler aussi doucement. Taylor avala une goulée d'air entre deux hoquets.

– C'est juste que... que... je n'en peux plus...

– Et moi, je ne supporte plus ces simagrées ! gronda Noëlle. Taylor, je te jure que si tu ne te calmes pas dans les dix secondes, je vais piquer une crise dont tu te souviendras...

Taylor gémit comme un chien affamé à qui son maître vient de balancer un coup de pied. Je croisai le regard de Natasha. Cela avait assez duré. J'étais des leurs, désormais. Elles me l'avaient assez répété : plus de secrets ni de cachotteries. Je devais savoir de quoi il retournait et épargner à Taylor la crise que Noëlle lui promettait.

– Coucou, les filles ! dis-je en faisant mon entrée officielle.

Natasha m'emboîta le pas. Noëlle, Ariana et Kiran étaient debout au milieu de la pièce.

– Il y a un problème ? demandai-je.

Taylor pivota sur elle-même et fila aux toilettes.

– D'où vous venez ? nous interrogea Kiran.

– On arrive et j'ai entendu Taylor pleurer, dis-je. Qu'est-ce qu'elle a ?

– Elle a été refusée au programme d'été à Harvard, lança Noëlle en se tournant vers son casier. Elle vient d'appeler chez elle et de l'apprendre.

– Ça lui aurait assuré une place en première année dans deux ans, expliqua Ariana. Elle veut tellement y aller..., ajouta-t-elle en regardant la porte des toilettes avec compassion.

– Et ça vient s'ajouter à tout le reste..., murmura Kiran.

Je m'en voulus soudain d'avoir été excédée par les larmes et les sautes d'humeur de Taylor. J'avais oublié que nous avions chacune notre vie et nos propres préoccupations. Tous les cahiers, tous les classeurs de Taylor étaient estampillés du logo de l'université Harvard. Je savais qu'elle voulait à tout prix y être admise et que ses parents n'en attendaient pas moins d'elle. Elle avait une sacrée pression sur les épaules. Peut-être que la mort de Thomas avait fini de mettre à mal ses nerfs déjà à vif.

– C'est nul..., commenta Natasha.

Elle traversa la pièce pour aller ouvrir son casier.

– ... mais elle doit bien avoir quelqu'un à qui s'adresser. Ce n'est pas comme si elle n'avait aucune relation à Harvard.

Bien vu. Est-ce que le statut de fille Billings ne garantissait pas une admission automatique dans l'université de notre choix, aussi prestigieuse fût-elle ?

– C'est vrai, acquiesça Ariana d'un ton détaché. Il faudra qu'on étudie la question à notre retour à Easton.

Natasha et moi échangeâmes un nouveau regard. Il y avait quelque chose d'étrange dans leur façon de parler ; leurs paroles sonnaient faux.

– Elle pourra toujours y aller l'an prochain, non ? dis-je. Ce n'est pas un refus définitif.

– Exact, approuva calmement Noëlle avant de me tourner le dos pour ranger ses affaires. Tu devrais le lui rappeler quand on sera dans la voiture.

– Ah… d'accord. Pourquoi pas…

Je rejoignis mon casier, voisin de celui de Natasha. Celle-ci écarquilla les yeux et haussa les épaules.

« J'ai peut-être tort, mais je ne crois pas la moitié des trucs que j'entends à Easton », l'entendis-je dire en pensée.

C'était une phrase à méditer.

Disculpé

Bien que nous soyons rentrées de bonne heure sur le campus, cet après-midi-là, j'avais l'impression de m'être absentée plusieurs jours, voire plusieurs années. Je me sentais métamorphosée. Où était passée la fille furieuse, tendue et effrayée que j'étais en partant le matin, les yeux bandés ?

J'étais gonflée à bloc. Ma peau et mes cheveux étaient si doux que c'en était presque inquiétant. Comme j'avais été privée de douche au lever, Noëlle m'avait offert un shampooing et un brushing au spa. Un brushing hors de prix, mais qui valait son pesant d'or – surtout que ce n'était pas moi qui l'avais payé.

Je ramenai une de mes boucles châtains devant mon visage, juste pour voir comme elle brillait. Incroyable ! Je ne reconnaissais pas mes cheveux.

– Regardez-la… On dirait qu'on vient de lui faire le premier shampooing de sa vie, dit Noëlle en arrivant devant le bâtiment Bradwell.

– Qu'est-ce que tu vas faire après ? plaisanta Kiran. Écarter les bras et tourner sur toi-même ?

Je m'arrêtai, embarrassée.

– En fait, j'avais prévu de vous remercier, mais vous ne me facilitez pas la tâche…

– Désolée, fit Noëlle.

Elle s'arrêta net et ses amies se rangèrent dans son sillage.

– Vas-y, dit-elle.

– Vas-y quoi ?

– Remercie-nous.

Elles attendirent en m'observant attentivement. Même Taylor, avec ses yeux injectés de sang.

– Bon…, dis-je en roulant les yeux, afin de ne pas paraître totalement soumise. Merci, les filles ! Merci beaucoup ! J'ai l'impression d'être redevenue à peu près normale. Comme si… je ne sais pas… Comme si j'allais recommencer à vivre… Bref, je voulais juste…

Je m'aperçus soudain que Noëlle ne me regardait plus. Ses yeux s'étaient fixés derrière mon épaule. Ses amies l'imitèrent bientôt, et leurs expressions changèrent si radicalement que je sentis mes jambes se dérober.

« Quoi encore ? »

Je pivotai et vis Dash et Gage s'avancer vers nous d'une démarche pleine de raideur, tels deux soldats. Dash avait les narines aussi écarquillées que Missy Thurber, laquelle aurait pu aisément rivaliser avec un pur-sang affolé. Il tenait un journal roulé dans sa main.

– Que s'est-il passé ? leur demanda Noëlle lorsqu'ils arrivèrent à notre hauteur, le souffle court.

– Ils l'ont relâché. Ils l'ont laissé partir, ce connard ! fulmina Dash.

– Non ! Ce n'est pas vrai..., souffla Ariana.

Dash tendit son journal à Noëlle et Ariana avec des mains tremblantes. Noëlle le prit sans se presser. C'était un journal des environs, dont j'avais déjà vu traîner des exemplaires sur le campus. Le gros titre disait « Suspect du meurtre remis en liberté ». En dessous figurait la photo d'un homme – Rick De Lea, sans doute – sortant du poste de police d'Easton.

– Il s'est dégotté un alibi, dit Gage. Une petite amie junkie, à tous les coups ! On aurait dû s'en douter... Ces bouseux de flics attendaient la première occasion pour nous baiser la gueule. Même si ça suppose de remettre un salopard de dealer en liberté...

« Thomas était un salopard de dealer, lui aussi. »

Je ne sais pourquoi, cette pensée fut la première à me traverser l'esprit. Et bien sûr, la culpabilité me rongea aussitôt.

– C'est hallucinant, dit Noëlle. Je croyais qu'on avait la situation sous contrôle.

– « On » ? répéta Dash.

– On, eux, qu'importe ! Tu crois que c'est le moment de débattre du bon usage des pronoms ? répliqua Noëlle d'un ton cassant.

Sa peau luisait de sueur et elle avait mis une main devant sa bouche. La voir aussi bouleversée était presque plus déconcertant que la nouvelle en soi. C'était elle qui avait suggéré de dénoncer Rick le junkie, et visiblement, elle n'appréciait pas de s'être trompée. Je jetai un œil à Ariana, Kiran et Taylor qui semblaient faire un concours d'yeux écarquillés. Je me demandai si, comme moi, elles avaient été frappées par l'évidence : si la police avait raison, alors l'assassin de Thomas courait toujours !

– Qu'est-ce qu'on va faire ? m'entendis-je dire.

Personne ne répondit. Natasha glissa un bras sous le mien et m'attira à elle. J'avais cru que toute cette histoire était terminée, que la police avait fait son travail.

Aujourd'hui, je comprenais que le cauchemar ne cesserait pas de sitôt.

Il m'avait fallu moins de cinq secondes pour dégringoler du sommet du monde au ras du sol…

Œil pour œil…

– C'est lui le coupable. On sait tous que c'est lui. Je propose qu'on rende la justice nous-mêmes, dit Dash au dîner, ce soir-là.

Ses yeux étaient larges comme des soucoupes et il ne tenait pas en place. Je ne l'avais jamais vu aussi agité. Chaque fois que sa main était prise de saccades, ou qu'il se tortillait sur sa chaise, je tressaillais. Ce mec était au bord de l'explosion.

– Est-ce que quelqu'un sait où vit ce connard ? demanda Gage.

– Qu'est-ce que vous voulez faire ? Le lyncher ? plaisanta Noëlle.

Elle semblait parfaitement remise du choc initial et comme d'habitude, elle prenait un grand plaisir à provoquer les garçons.

– Pourquoi pas, s'il faut en arriver là, dit Gage en postillonnant. Je suis sérieux, Noëlle.

Noëlle roula les yeux et soupira. Nous nous regardâmes tous fixement. Pendant tout le dîner, la conversation avait tourné autour de ce sujet. Elle avait mis mes nerfs à rude épreuve.

– On pourrait parler d'autre chose, proposai-je.

– Et si ce n'était pas Rick le coupable ? avança Natasha.

– Pardon ? s'étrangla Dash.

Noëlle se renversa sur son siège en secouant la tête. Kiran repoussa ses légumes sur le pourtour de son assiette. Ariana garda les yeux rivés sur son livre. Quant à Taylor, elle était aux abonnés absents. Je l'imaginai prostrée sur un lit à l'infirmerie, où elle passait dorénavant le plus clair de son temps.

Natasha haussa les épaules et reprit :

– Je dis juste que manifestement, les flics n'avaient pas assez de preuves pour le laisser en garde à vue. Dans ces conditions, il n'est pas impossible qu'il soit innocent. Quelquefois, il faut faire confiance au système.

– Ça te va bien de dire ça, intervint Gage.

Natasha lâcha sa fourchette et croisa les bras.

– Est-ce que tu t'apprêtes à me sortir une nouvelle diatribe anti-républicains ? lâcha-t-elle, sardonique. Parce que figure-toi que j'ai eu mon compte, ces derniers temps.

– J'adorerais entendre une diatribe anti-républicains, signala Kiran. Au moins, ça nous changerait de sujet.

– Écoute, poupée, ce n'est pas parce que tu n'en as rien à foutre que Thomas ait été assassiné qu'on ne doit pas essayer de trouver son assassin, dit Gage. Le monde ne tourne pas autour de Kiran Hayes.

– Tu crois que je n'en ai rien à foutre ? lâcha Kiran, furieuse.

Son ton était si venimeux que je sursautai. La surprise me fit venir des larmes aux yeux.

– Pour qui tu te prends ? poursuivit Kiran. Tu n'as pas la moindre idée de ce que je fais, et tu t'en fiches éperdument. J'ai très envie de savoir ce qui est arrivé à Thomas et ce qu'en pense la police, mais personne ne semble vouloir nous le dire, n'est-ce pas ? Ils préfèrent tous qu'on reste là, à souffrir.

– Kiran, dit Ariana d'un ton apaisant, mais néanmoins lourd d'avertissement.

Kiran regarda autour d'elle comme si elle venait juste de se rappeler qu'elle n'était pas seule avec Gage.

– Désolée, fit-elle. J'en ai tellement marre de tout ça. C'est trop glauque. Il y a quelques semaines, Pearson était assis là, avec son air odieux, et aujourd'hui on se dispute pour savoir qui l'a tué ou pas. Je veux dire...

– J'en ai assez entendu ! lâchai-je brusquement.

Je repoussai ma chaise si fort qu'elle percuta celle de Cheyenne, assise à la table de derrière. Ignorant ses protestations, je récupérai à la hâte mon sac et mon manteau.

– On se retrouve à Billings, les filles.

– Reed...

J'avais déjà tourné les talons, mais je m'arrêtai et fis volte-face.

– Je croyais que vous prépariez une fête pour Thomas, dis-je à l'adresse de Dash et Gage. Vous feriez mieux de vous en occuper, plutôt que de remuer le couteau dans la plaie.

Je partis comme un ouragan, faisant un gros effort pour contenir mes larmes. Je franchis la porte et sortis dans la nuit glaciale. En débouchant sur le sentier, je heurtai Josh de plein fouet.

– Reed ! Ça va ? me demanda-t-il.

Il me prit par les épaules pour me stabiliser. Son geste m'emplit d'une émotion que je n'étais pas sûre de supporter. Je reculai et ravalai un sanglot.

– Je vais bien, dis-je, en pressant ma paume sur mon front.

« Inspire, expire. Rappelle-toi comment tu te sentais ce matin. Comment tu te sentais avant que tout ne s'effondre. Dis-toi que tu es au spa, enveloppée dans un peignoir tout doux. Tu es allongée sur ta chaise... »

– Où étais-tu ? me demanda Josh. Je me suis inquiété toute la journée.

Arrachée à ma rêverie, je clignai des yeux, confuse. Josh était-il fâché contre moi pour une raison que j'ignorais ?

– Ben... j'étais avec Noëlle et les autres, pourquoi ?

– Ah bon…

Le visage de Josh se durcit.

– Je croyais qu'on devait aller à Boston…

Soudain, j'eus l'impression d'avoir reçu un seau d'eau sur la tête. Le frère de Josh et sa copine ! La journée à Boston ! Je les avais complètement oubliés, avec mon réveil en fanfare. Mon cœur se serra lorsque je mesurai la déception de Josh. Il comptait sur moi et je lui avais posé un lapin…

– Josh, je suis sincèrement désolée, dis-je. J'ai complètement oublié. Noëlle et Kiran m'ont réveillée à l'aube et j'étais un peu à côté de la plaque. Je suis nulle.

– Message reçu, dit-il, distant. Je note que je suis oubliable.

Il se tourna pour partir. Ma culpabilité devint insupportable. Je devais lui expliquer…

– Josh, attends !

– Non, Reed. Laisse tomber, fit-il sèchement. Je peux comprendre que tu préfères passer la journée avec tes amies plutôt qu'avec moi.

Je ne l'avais jamais vu aussi furieux.

– Je ne préfère pas passer la journée avec elles, dis-je, désespérée. Crois-moi !

Josh s'arrêta et chercha mon regard.

– Vraiment ?

– Je te le jure !

Il se détendit peu à peu et se frotta les tempes du bout des doigts.

– Excuse-moi... J'étais tellement inquiet. Je t'ai appelée vingt fois et chaque fois, je suis tombé sur ta messagerie. J'ai flippé. Après ce qui est arrivé à Thomas...

J'avais une boule énorme dans la gorge. Tout était différent désormais. Quelques coups de fil sans réponse et on envisageait tout de suite le pire.

– Josh, je suis vraiment désolée. Je n'ai pas réfléchi, dis-je.

– Pourquoi n'as-tu pas répondu au téléphone ?

Sa voix n'était plus accusatrice, mais inquiète. J'inspirai profondément, contente de retrouver le Josh que je connaissais.

– Noëlle m'a piqué mon téléphone.

Je grelottais dans mon pull. La colère qui m'avait donné chaud était retombée, et je m'aperçus que j'étais gelée. Je posai mon sac pour enfiler mon manteau.

– Je suis sincèrement désolée, répétai-je.

– C'est bon, dit Josh. Mais seulement..., la prochaine fois, ne la laisse pas te le piquer. Avec tout ce qui s'est passé dernièrement...

Une seconde, je crus qu'il allait me prendre la main, et mon cœur se mit à battre follement. Mais il sembla se raviser et enfonça ses poings dans ses poches. Mes doigts me chatouillèrent de ce contact fantôme.

– Tu as raison, dis-je. Ça ne se reproduira pas.

Josh esquissa un sourire.

– Tant mieux. Parce que s'il t'arrivait quoi que ce soit…

Ma poitrine s'emplit d'une douce chaleur.

– Entendu, dis-je.

En fait, j'aurais aimé lui dire un millier de choses plus originales, mais j'en étais incapable. Josh s'adossa au mur de briques et bascula la tête en arrière. Il poussa un long soupir.

– Alors, tu as entendu, pour Rick ?

– Ouais.

Je m'installai près de lui et fixai mes pieds.

– Tout le monde ne parle que de ça.

– Je n'arrive pas à le croire, dit-il. Après tout ça, ils le libèrent… L'incompétence de ces gens-là me dépasse.

– Ouais. J'ai l'impression qu'on ne saura jamais ce qui s'est vraiment passé…

– Je sais ce qui s'est passé ! protesta Josh. Rick et Thomas se sont pris le bec et Rick l'a tué. Fin de l'histoire. Pourquoi les flics n'acceptent-ils pas l'évidence ?

Je sentis quelque chose céder dans ma tête : la barrière que j'avais dressée pour tenir à distance mes pensées effrayantes. Elles revinrent en force : si la police avait raison, si Rick était innocent, alors l'assassin courait toujours. Le corps de Thomas avait été trouvé près d'Easton. La piste de Rick était plausible parce qu'il vivait en ville, mais si ce n'était pas lui, c'était quelqu'un d'autre des environs. Peut-être même quelqu'un du lycée...

Chaque fois que j'en arrivais là de ma réflexion, je calais. Je ne voulais pas admettre que quelqu'un à Easton ait pu haïr Thomas à ce point. Au point de commettre un meurtre.

– Je ne sais pas, murmurai-je en regardant ailleurs.

– C'est forcément lui, insista Josh. Forcément !

– Cela simplifierait tellement les choses, dis-je, comme engourdie. Parce que si ce n'est pas lui, c'est quelqu'un d'autre. Et peut-être quelqu'un que...

Je ne pus achever ma phrase. C'était trop difficile.

Josh fixa les ténèbres.

– Peut-être quelqu'un qu'on connaît, termina-t-il à ma place.

Surprise-partie

– Ça me fait quand même un peu bizarre, dis-je à mes amies le mardi soir, alors que nous enfilions le couloir de Mitchell Hall en direction de la grande salle.

L'air vibrait déjà des pulsations de la techno, et les portraits des directeurs d'autrefois tressautaient dans leurs cadres dorés. M. Stern, un doyen du début du XXe siècle, semblait sérieusement incommodé.

– Comme le reste, commenta Natasha. Je trouve que tout nous paraît bizarre, ces temps-ci.

Elle n'avait pas tort. Depuis la mort de Thomas, la plupart de mes actes me semblaient déplacés. C'était à peine si je me sentais autorisée à rire, à manger, à parler ou à étudier... Quant à faire la fête, quelle que soit la manière qu'on ait de le justifier, c'était pour moi le comble de la bizarrerie.

– On va juste tâcher de survivre aux quelques heures qui viennent, dit Kiran sur un ton lugubre qui ne lui ressemblait pas. Demain soir, on se tire d'ici.

– Je suis contente d'aller passer quelques jours à la maison, déclara Ariana en s'arrêtant devant la porte à battants. Je suis pressée de quitter cette folie.

Je hochai la tête pour signifier que je l'approuvais, même si pour ma part, je restais au lycée. Le jour de la rentrée, mon père s'était arrangé avec l'administration pour que je passe Thanksgiving à Easton. Presque tous les élèves boursiers avaient fait ce choix, ainsi que les étudiants étrangers, pour qui ces jours n'étaient pas fériés et qui habitaient trop loin pour envisager de retourner chez eux. Pour moi, rentrer à Croton était trop coûteux et surtout dénué de sens. Chez les Brennan, on n'avait jamais fêté Thanksgiving, et pour cause : ma mère était incapable de cuisiner un repas maison. Elle préférait acheter la nourriture en barquettes au supermarché, et se faire livrer pour ne pas avoir à sortir.

– Taisez-vous, vous déprimez Reed, dit Noëlle.

– Tu es sûre de ne pas vouloir venir chez moi ? me demanda Natasha.

J'avais déjà décliné son invitation au début de la semaine. Je savais qu'elle voulait passer le plus de temps possible avec Leanne quand elle serait à New York, et je ne voulais pas être dans ses jambes. En plus, pour être honnête, je n'appréciais guère Leanne. Voire pas du tout. Chacun ses goûts...

– Non, vraiment, tout ira bien, dis-je.

Je balançai mes cheveux dans mon dos avant de conclure :

– Il paraît que la tarte aux pommes est mortelle !

Les visages de mes amies se décomposèrent et je me mordis les lèvres. La gaffe !

– Si on entrait ? suggérai-je.

– Bonne idée, approuva Noëlle.

Elle se racla la gorge et poussa les portes. Elle était à peine entrée qu'elle s'arrêta net. Quant à moi, il me sembla que la pièce allait m'engloutir, avant de s'effondrer sur moi. Thomas était partout !

– Dash se fout de ma gueule ! fulmina Noëlle.

D'immenses photos de Thomas décoraient la moindre surface plane. Thomas debout devant des ruines grecques. Thomas sirotant un cocktail exotique, coiffé d'un chapeau de paille. Thomas et son frère Blake, chaussés de skis. Thomas à cheval. Thomas avec Dash et Gage sur un bateau baptisé *Ma Chérie*. Thomas et Josh en costume-cravate. Thomas au bras d'une inconnue, en tenue de soirée. Thomas et trois serveuses aux poitrines opulentes. Thomas hilare, tandis qu'une beauté exotique lui léchait le visage.

Thomas. Thomas. Thomas.

Noëlle traversa la salle comme une furie pour aller régler son compte à Dash. Oppressée, je pivotai sur mes talons pour partir.

– Reste là ! m'ordonna Ariana en posant une main froide sur mon bras.

– Je ne peux pas, protestai-je. C'est au-dessus de mes forces.

Tout le monde me regardait avec un mélange d'inquiétude et d'amusement. Un flash crépita. Je me sentis fiévreuse et écœurée, comme si je venais seulement de réaliser que Thomas était mort pour de bon.

– Reed, il faut qu'on se force, dit Ariana. Il faut qu'on regarde la réalité en face et qu'on fasse notre deuil. On doit accepter l'idée qu'il n'est plus.

Mon esprit, tel un papillon de nuit prisonnier d'une lanterne, essayait frénétiquement de trouver une issue.

– Comment peux-tu parler pour moi ? grommelai-je. Tu ne peux pas savoir ce que je ressens !

Ariana me regarda en silence. Ses lèvres minces n'étaient plus qu'un trait blanc.

– Tout le monde te regarde, m'avertit-elle.

Son étreinte sur mon bras se resserra comme une griffe.

– Maintenant, tu as le choix : tu peux passer pour une fille faible qui fait demi-tour devant l'obstacle et se sauve en courant, ou tu peux prendre le taureau par les cornes. C'est toi qui décides.

Je savais ce qu'elle attendait de moi, et j'étais d'accord avec elle. La question était de savoir si j'étais capable de relever le défi.

Je me tournai lentement et scrutai la pièce. Partout, on fuyait mon regard. J'étudiai plus attentivement les photographies. Thomas avait eu une vie bien remplie et je n'en avais rien su ! J'ignorais qu'il avait fait tous ces voyages, que ses amis et lui étaient si proches. Je ne savais pas qu'il avait un frère, ni avec combien de filles il était sorti...

En revoyant le cliché de Thomas avec sa lécheuse de visage, j'eus un pincement de jalousie, suivi d'une terrible terrible sensation de vide. Aucune photo n'avait été prise de Thomas et moi. Nous n'étions pas restés assez longtemps ensemble, ou alors je n'avais pas assez compté pour lui...

Au moment où me vint cette pensée, la honte m'accabla. De quel droit osais-je me lamenter sur mon compte ? Thomas était mort. Il ne vivrait plus jamais rien. Et tout cela, parce qu'un malade mental avait décidé de le tuer. J'aurais donné cher pour regarder ce type dans les yeux et lui arracher le cœur.

– Respire à fond, me conseilla Ariana. Je suis sûre que tu en es capable.

J'inspirai lentement par le nez. « Écoute les conseils d'Ariana, me dis-je. Vois comme elle est calme, sûre d'elle... »

De l'autre côté de la salle, Gage nous observait avec un sourire narquois. Dash et lui semblaient très contents d'eux, malgré les attaques de Noëlle.

– Allons chercher quelque chose à boire, proposai-je.

– Bonne idée, approuva Kiran.

Cette fois, c'est moi qui ouvris la marche. En arrivant à la table, je me servis un verre de punch que je vidai d'une traite. Kiran sortit discrètement sa flasque, afin d'agrémenter sa boisson et celle de Taylor.

– Joli travail, dis-je à Gage. Vous devriez ouvrir une entreprise de pompes funèbres.

– C'est le seul business où tu es sûr de ne pas manquer de clients, répondit Gage avec nonchalance.

Ce mec aurait mérité une bonne leçon. Je regrettais presque que Noëlle ne l'ait pas laissé régler son compte au dealer de Thomas.

– Il faut que tu décroches les photos, Dash ! dit Noëlle, qui semblait avoir du mal à garder son sang-froid. C'est aussi morbide qu'un film de Tim Burton.

– Non, moi je trouve que c'est cool, dit Dash en admirant son œuvre. On voulait fêter la vie de Thomas. Eh bien, c'était ça, sa vie.

– C'est glauque, dit Kiran avec un frisson. On a l'impression qu'il nous regarde fixement...

– D'outre-tombe, compléta Taylor.

Gage pouffa.

– Et la palme de la plus mauvaise tragédienne revient à… Taylor Bell ! déclama-t-il.

– Excellent ! s'esclaffa Dash.

Les deux garçons se frappèrent dans la main.

– Quand je pense qu'il y a deux jours à peine, vous parliez d'expédition punitive, dit Noëlle en roulant les yeux.

– Attends, Noëlle : je ne pige pas bien ! se rebiffa Dash. Je te rappelle que je t'ai demandé de m'aider à organiser cette fiesta, et que tu m'as envoyé bouler…

Noëlle plissa les yeux. Ça sentait la querelle d'amoureux.

– Où veux-tu en venir ? siffla-t-elle.

– Où je veux en venir ? Eh bien, comme tu n'as pas voulu t'impliquer, tu n'as rien à dire maintenant, renchérit Gage, provocateur.

Noëlle ouvrit la bouche, mais resta muette. Dash exultait. C'était rare que quelqu'un ait le dernier mot avec elle, et il n'en était pas peu fier.

– Vous devriez goûter aux mixtures interdites de Kiran, les filles, ça vous détendrait, intervint Gage avec sa subtilité habituelle. Pendant ce temps-là, nous, on va récolter les félicitations du doyen pour notre déco.

Gaga abattit une main sur l'épaule de Dash et l'entraîna à l'écart. Noëlle continua de fulminer en silence en les regardant s'éloigner. Elle détestait faire des scènes en public, mais je devinai que Dash paierait plus tard pour l'affront qu'il lui avait infligé. Elle devait déjà ruminer sa vengeance.

– Je suis désolée, Reed, me dit-elle. Visiblement, le savoir-vivre et la testostérone ne vont pas ensemble.

J'avalai une gorgée de punch et reposai mon verre.

– Ne t'excuse pas pour eux. C'est bien comme ça. Ariana a raison : je dois affronter les choses en face. Ça m'aidera à faire mon deuil.

– Reed…, commença Ariana.

– Je peux aller aux toilettes ? lui demandai-je, non sans ironie. Ou est-ce que cela fait aussi de moi une faible femme ?

Elle ouvrit la bouche pour parler, mais je la devançai :

– Laisse tomber. J'y vais ! Et quand je reviendrai, j'ai l'intention de danser.

– Je t'attends, fit Kiran en levant son verre.

Je retraversai la salle, les yeux secs et la démarche décidée. Je reprenais peu à peu conscience de la réalité : Thomas n'était plus parmi nous. Et même s'il avait été là, je n'aurais sans doute été qu'une aventure pour lui. Trois fois rien.

Raison de plus pour passer à autre chose.

Querelle

– Ça va ? On dirait que tu t'évapores, dit Josh en me tendant un verre de punch glacé.

J'avais interrompu mon numéro de danse cathartique et ma peau était perlée de sueur, mais c'était agréable. J'avais l'impression de rejeter quelque chose de mon organisme. J'espérais juste que ça ne sentait pas mauvais !

Je bus une gorgée et notai que Noëlle, Kiran et Taylor monopolisaient toujours la piste de danse. Quelques élèves des autres dortoirs profitaient de ce qu'elles avaient le dos tourné pour leur lancer des regards noirs, mais leur souriaient aussitôt que leurs yeux se croisaient. Quel pouvoir !

– Je vais bien, répondis-je à Josh. Qu'est-ce que tu penses de la déco ?

Il regarda alentour avant de répondre :

– Euh… disons… cool, mais sinistre.

Je le gratifiai d'un petit sourire narquois.

– Et ça, c'était où ? demandai-je en montrant le cliché de Thomas et lui en costume de soirée.

– C'était au mariage de Penny Halston, juste avant la rentrée. Le mec qu'elle a épousé a des actions chez Anheuser-Busch, et l'entreprise leur a offert des tonnes de bouteilles de bière pour la réception. Thomas est tombé sur une caisse et il a passé la nuit entière à boire, pour tester ses limites.

Je secouai la tête et regardai mes pieds. Existait-il des histoires dans lesquelles Thomas n'était pas ivre ?

– On l'a retrouvé à l'aube, allongé sur le terrain de golf. Il chantait à tue-tête en balançant des bouteilles vides dans une fosse à sable [1], ajouta Gage en nous rejoignant.

– Il a failli tuer un des jardiniers, se rappela Josh.

– Bah ! Vingt points de suture... Il n'y avait pas de quoi en faire un fromage !

Gage but une gorgée avant de poursuivre :

– Ce mec était quand même un sacré fêtard ! Mais tu le savais, Brennan, n'est-ce pas ?

Il me regarda d'un air lascif et fit courir un doigt sur mon bras. Josh le poussa violemment à l'épaule avant que j'aie pu réagir. Dommage : je lui aurais volontiers tordu l'index.

1. Un des obstacles du parcours de golf.

– Tu es un malade, tu sais ! siffla Josh.

– Hollis, c'est toi qui dis ça, rétorqua Gage, moqueur.

Josh le regarda comme s'il venait de le gifler.

– Dégage, connard ! lui lança-t-il.

Je tentai de m'interposer, convaincue que je ne pourrais supporter une bagarre entre copains, en plus de tout le reste.

– Allez, les mecs, ça suffit...

Gage m'ignora et posa son verre.

– Tu crois que tu m'impressionnes, taré ?

– Taré toi-même !

– Chez moi, ce n'est pas pathologique, lança Gage.

– C'est juste que ça n'a pas été diagnostiqué, répliqua Josh.

J'étais perplexe. À Easton, même les échanges d'insultes étaient plus sophistiqués qu'ailleurs.

– Allons, allons ! fit Dash en s'approchant de nous, les mains levées.

Il les abattit sur les épaules de Josh et Gage, me prenant en sandwich au milieu. Ce mec avait une envergure impressionnante.

– Ceci est une fête. *Peace and love* !

– *Peace and love* ? Qu'est-ce que tu as fumé ? demanda Gage, toujours agressif.

– Rien. Je dis juste que c'est stupide de se battre. On est entre amis. On a fait la fête pour Pearson et après-demain on sera chez nous, à se taper la meilleure bouffe de l'année. Que du bonheur !

– Parle pour toi, mec, répliqua Gage. Je ne sais pas pourquoi, mais je crois que la nouvelle cuisinière vénézuélienne de ma mère va louper la dinde.

Il s'éloigna de Josh. Le sujet de discorde était oublié. Josh se détendit et Gage parut abandonner le projet de lui casser la figure. Dash était très fort. J'avais déjà eu l'occasion d'apprécier sa maturité et sa diplomatie. Il ne se ralliait jamais aux moqueries méchantes de Gage, et avait l'art de désamorcer les conflits. En plus, il entretenait une relation stable avec Noëlle depuis trois ans, ce qui était un exploit en soi. Ce garçon avait de l'avenir dans la politique.

J'articulai un remerciement muet à son intention, puis me tournai vers la piste de danse et attendis que mon rythme cardiaque s'apaise.

– Eh bien, moi, je vais déguster un bon repas maison chez ma grand-mère, renchérit Dash avec gourmandise. Dinde farcie, cranberries, rien ne manquera...

– Regardez-moi ce parfait petit Américain, ironisa Gage en lui pinçant la joue. Et toi, Nouvelle ?

Il alla s'asseoir à la table la plus proche et étendit les jambes devant lui. Nous le suivîmes. Dash et moi nous installâmes entre Josh et lui, au cas où...

– Ça donne quoi, Thanksgiving à Pétaouchnok, Pennsylvanie ? Nuggets de dinde et canette de bière ?

« Décidément, j'adore ce mec ! »

– Ta gueule, fit Josh.

– Laisse tomber, Josh, dis-je, me voulant apaisante.

J'appréciais sa sollicitude, mais j'étais capable de me défendre seule.

– Je ne rentre pas chez moi, annonçai-je. Je reste ici.

– Sans blague ? s'exclama Josh. Moi aussi !

– C'est vrai ?

C'était une nouvelle inattendue et très agréable. J'allais avoir de la compagnie ce week-end. Quelqu'un avec qui partager mes repas. Avec qui parler. Et pas n'importe qui ! Josh et moi allions passer plusieurs jours en tête à tête ou presque, sans personne pour nous regarder ni nous juger. C'était une perspective assez séduisante.

– Quoi ? s'étranglèrent Dash et Gage.

– Sans déconner, mec ? ajouta Dash. Thanksgiving est pourtant légendaire, chez les Hollis…

Josh s'éclaircit la gorge. Je dissimulai un sourire sous mes cheveux.

– Pas cette année, dit-il. Mes parents sont coincés en Allemagne. Les petits vont chez ma tante au Cap et Lynn reste avec sa copine. Aucune option ne me tentait, alors…

– Alors, tu préfères rester là, termina Gage, incrédule. Seul ?

Les doigts de Josh frôlèrent les miens sous la table. Mon cœur fit un bond et je tournai ma paume vers le haut. Josh la recouvrit de la sienne. La vague de chaleur partit de mon poignet et irradia tout mon corps. Je fis un gros effort pour ne pas sourire béatement.

– Ouais, dit-il en pressant ma main. Seul.

Esclandre

Évidemment, la fête dégénéra. Kiran n'était pas la seule à avoir introduit de l'alcool en fraude. Tout ce qui restait à déterminer c'était à quel moment le doyen, qui bouillait de colère, allait exploser et mettre un terme à la soirée. Kiran, London et Vienna tourbillonnaient sur la piste, tombaient les unes sur les autres et riaient à gorge déployée. Dash dansait seul. Missy Thurber, accrochée à un mec, se déplaçait lentement d'avant en arrière, bien que le rythme soit plutôt enlevé. Les yeux mi-clos, elle bavait sur l'épaule de son cavalier, lequel fixait son dos comme s'il évaluait ses chances de dégrafer son soutien-gorge sans qu'elle s'en aperçoive.

Constance Talbot et Walt Whittaker discutaient en tête à tête dans un coin. De temps à autre, Constance souriait et rougissait. Whit se rengorgeait, content de lui. Constance avait enfin mis le grappin sur son amour d'enfance. J'étais contente pour elle.

– Le doyen a consulté sa montre dix fois en trois minutes, signala Natasha. Qu'est-ce qu'il attend ?

– Il prie pour qu'on survive tous jusqu'à dix heures sans rien démolir et sans tomber dans les pommes, répondit Ariana. Il a promis à Dash de nous laisser la salle jusque-là. Il ne veut sûrement pas revenir sur sa parole.

– Il aime jouer avec le feu, ce Marcus ! plaisanta Josh. Ça devait être un sacré lascar, quand il était gosse.

Je m'esclaffai avec Natasha ; Ariana se borna à sourire. Assis à une table ronde, nous regardions nos camarades évoluer autour de nous. J'étais épuisée et d'assez bonne humeur, après une soirée passée à danser, rire et bavarder. C'est à peine si je remarquais encore les photos de Thomas, qui d'ailleurs ne me faisaient plus vraiment d'effet.

– Non, mais ce n'est pas vrai ! Qu'est-ce qu'il y a encore ? hurla soudain une voix vibrante de fureur.

Le cri venait du couloir. D'autres imprécations suivirent, rendues inintelligibles par la musique. Plusieurs personnes quittèrent la salle pour aller voir de quoi il retournait. Mme Ling, la surveillante du dortoir Bradwell, et M. Shreeber, le professeur d'espagnol, se précipitèrent dehors. Les élèves ne tardèrent pas à affluer vers la porte, en parfaits badauds.

– Qu'est-ce que tu as dans la tête ? Tu es incapable de te contrôler ?

J'eus un coup au cœur en reconnaissant la voix.

– C'est Noëlle ! dit Natasha.

Ariana était déjà debout.

– Ça suffit ! Je ne supporte même plus de te regarder ! cria Noëlle en entrant dans la salle comme une furie, Mlle Ling sur ses talons.

La colère marbrait son visage de rouge. Derrière elle venait Taylor, pâle et chancelante. Noëlle la regarda par-dessus son épaule et l'apostropha de nouveau :

– Je te jure, quelquefois, je me demande pourquoi on t'a laissé entrer à Billings.

La surprise des personnes présentes fut presque palpable. Voir une fille Billings agresser une de ses semblables était inédit pour le commun des élèves. Si cela nous arrivait de nous disputer, c'était inconcevable de le faire en public.

– Noëlle ! souffla Ariana, bien que son amie ne puisse l'entendre.

Dash s'avança à la rencontre de sa petite amie et voulut lui prendre la main, mais elle se dégagea violemment. Elle récupéra son sac, fit demi-tour et sortit par l'issue de secours. Après une brève hésitation, Ariana s'élança à sa poursuite. Pendant un long moment, personne ne bougea. Mon cœur battait si fort que c'en était douloureux. Je me demandais ce qui avait mis Noëlle hors d'elle au point de lui faire perdre toute réserve.

Mlle Ling enlaça les épaules de Taylor et l'entraîna dans le couloir. Deux secondes après leur départ, Gage entra dans la salle, les mains dans les poches, l'air amusé et vaguement penaud. Dash fondit sur lui.

– Suis-moi, dit Natasha.

Flanquées de Josh, nous rejoignîmes Dash et Gage. Kiran était déjà avec eux.

– Que s'est-il passé ? demanda Dash à Gage.

Soudain, la musique se tut et le doyen annonça que la fête était terminée. Quelques élèves grognèrent.

– Rien, mec, je te jure ! dit Gage.

– Si, c'est clair qu'il s'est passé quelque chose, insista Natasha.

Gage plissa les yeux.

– Je n'en sais rien, OK ! Je reviens des chiottes et je vois Taylor assise par terre dans le couloir, en train de chialer tout ce qu'elle sait. Je lui demande si ça va...

Il tira sur ses manchettes avant de préciser :

– Je suis un gentleman, moi...

Kiran, Natasha et moi pouffâmes. Dash nous fit taire d'un regard.

– Elle me répond que non, que ça ne va pas. Alors, moi, je m'assois et j'essaie de savoir ce qu'elle a, continua Gage.

– Pourquoi ? demanda Natasha, formulant la pensée présente à tous les esprits.

Gage n'était pas connu pour ses qualités humaines.

– Parce qu'il avait l'intention d'en profiter, murmura Josh.

– Laisse tomber, ce n'est pas mon type, rétorqua Gage.

– Gage, que s'est-il passé avec Noëlle ? demanda Dash entre ses dents.

– Justement, je n'en ai aucune idée. Taylor n'arrêtait pas de radoter, elle sortait des trucs incompréhensibles, plein de conneries sur Pearson : comme c'était triste, que ses parents ne sauraient jamais ce qui lui était arrivé, et tout… Et là, Noëlle débarque comme une furie et pique une crise. Sans déconner, j'ai cru qu'elle était possédée. Elle a quasiment soulevé Taylor par le col pour lui gueuler après.

Dash semblait désorienté. Je ne l'étais pas moins.

– Je vais parler à Taylor, dit Kiran.

– Je viens.

– Non ! fit-elle d'un ton coupant.

Je tressaillis. Elle s'arrêta et inspira à fond.

– Désolée, Reed. C'est juste que… je la connais mieux que toi. Je crois que c'est préférable que j'y aille seule.

Elle tourna les talons sans me laisser le temps de protester.

Départ précipité

Je me réveillai en sursaut. Mon cœur battait aussi vite que si j'avais couru un cent mètres. J'étais encore à moitié endormie, mais j'avais l'impression très nette d'avoir entendu une porte claquer. Ma chambre était plongée dans la pénombre. Sur le réveil, je lus 5:32. Natasha dormait sur le dos, la bouche ouverte. Avais-je rêvé ?

Un bruit résonna dans le couloir. Je m'assis toute droite, m'efforçai de maîtriser ma respiration et tendis l'oreille. On passait devant notre porte. Peu après, j'entendis le craquement distinct de l'escalier. Un instant plus tard, la porte du bâtiment s'ouvrit en grinçant, puis claqua.

Je quittai mon lit et me dirigeai vers la fenêtre sur la pointe des pieds. Un épais brouillard recouvrait le parc, et c'est à peine si l'on distinguait le halo des réverbères bordant les sentiers. Il y avait bien quelqu'un en bas. Une silhouette coiffée d'un chapeau noir, qui tirait une énorme valise à roulettes. J'allais renoncer à l'identifier dans cette purée de pois, lorsque la forme passa sous un lampadaire. Je reconnus les boucles blondes de Taylor.

Mon pouls acheva de s'emballer. Où allait-elle ? C'était trop tôt pour partir en vacances : nous avions encore une journée de classe, et Taylor n'était pas du genre à manquer les cours.

Soudain, je fus gagnée par le découragement. Si Taylor partait, je n'étais pas près de comprendre ce qui s'était passé la veille au soir. D'apprendre ce qui l'avait bouleversée ainsi et ce que Noëlle lui reprochait.

Le plus silencieusement possible, je débloquai la fenêtre et fis coulisser le panneau. Je ne voulais pas risquer de manquer un indice.

L'air froid s'engouffra dans la chambre et je grelottai. J'entendis la valise de Taylor qui cahotait sur les pierres du sentier et soudain, je distinguai un mouvement derrière elle. Mon cœur s'arrêta. On la suivait ! J'allais lui hurler un avertissement, quand je reconnus le trench-coat et les larges épaules de l'inspecteur Hauer.

Était-il dehors par hasard quand il avait aperçu Taylor, ou la suivait-il pour une raison mystérieuse ?

Taylor disparut derrière Bradwell, Hauer dans son sillage. L'instant d'après, j'entendis claquer une portière de voiture ; des phares trouèrent le brouillard. Je vis une berline se glisser entre Bradwell et Dayton avant de s'engager sur la route qui descendait la colline.

Je restai immobile dans l'espoir de voir réapparaître Hauer, mais ce fut en vain. Soit l'inspecteur était parti dans une autre direction, soit il se cachait… soit il était monté dans la voiture avec Taylor. Mais pourquoi ? Que se passait-il ?

Je m'assis au bord de mon lit, perplexe, et demeurai immobile, l'oreille aux aguets, jusqu'à ce que le bruit du moteur disparaisse dans le lointain. La voiture était partie, emportant avec elle Taylor et mes questions sans réponses.

Trop énervée pour me recoucher, je m'installai à mon bureau devant un cahier ouvert. J'y restai jusqu'à ce que mes camarades se réveillent. J'avais prévu de réviser, mais je ne fis que fixer le mur.

Pendant tout le petit déjeuner, j'attendis que mes amies commentent l'absence de Taylor, mais elles n'y firent pas la moindre allusion. La conversation porta sur leurs heures de départ respectives, sur leurs projets de shopping et sur un éventuel rendez-vous entre New-Yorkaises. Ce n'était peut-être qu'une impression, mais la nonchalance de Noëlle me paraissait un peu forcée.

Je dus me mordre la langue pour m'empêcher de les interroger. Je ne voulais pas être celle qui mettrait le sujet sur le tapis. C'était comme un jeu. J'étais curieuse de voir combien de temps elles feraient comme si de rien n'était. Combien de temps nous jouerions toutes la comédie.

Lorsque je me glissai sur un banc de la chapelle pour assister au culte du matin, personne n'avait encore mentionné le prénom de Taylor. Il y avait vraiment quelque chose de tordu chez ces filles. À croire que leur passe-temps préféré consistait à cultiver le mystère. Tout de suite après venaient les ragots, bien sûr...

– Je me demande ce qui est arrivé à Taylor Bell...

Mon cœur manqua un battement. Je regardai le visage ouvert de Constance, qui se faufilait entre les deux rangées de bancs. Mon ex-camarade de chambre était toujours au courant des derniers commérages. C'était précieux pour moi, qui évoluais parmi l'élite des gardiennes de secrets.

– Qu'est-ce que tu veux dire ?

Constance s'assit près de moi et glissa son sac à dos sous ses pieds.

– Kiki l'a vue monter dans une voiture ce matin, bien avant le lever du jour.

– Quoi ? Comment ? demandai-je.

– Kiki ne dort quasiment jamais, expliqua Constance. Elle souffre d'insomnies. C'est peut-être pour ça qu'elle a reçu les félicitations. Elle n'a rien d'autre à faire en pleine nuit que d'étudier.

Elle réfléchit un moment. Peut-être se demandait-elle si elle pouvait devenir insomniaque et accéder à la célébrité. Puis elle revint à la question qui m'intéressait :

– Bref, elle a vu la plaque d'immatriculation de la voiture, et devine qui c'était ?

– C'était qui ? demandai-je, impatiente.

– C'était une limousine des Hayes, dit Constance. Une des voitures de la mère de Kiran. Mais Kiran n'était pas du voyage… C'est curieux, non ?

Soudain, un sentiment désagréable s'empara de moi. Le sentiment qu'on éprouve en réalisant que son entourage est mieux informé que soi. L'impression d'être complètement dépassé et un rien ridicule. Je me tournai vers Kiran. Assise quelques rangs derrière moi avec les autres élèves de première, elle se tenait bien droite et regardait devant elle. Il y avait une place libre à ses côtés ; celle de Taylor. Ses camarades de classe ignoraient donc qu'elle était déjà partie.

Kiran le savait, en revanche. Elle en savait beaucoup plus qu'elle ne le laissait paraître. Je la fixai, espérant qu'elle se sentirait observée et me rendrait mon regard, mais elle s'y refusa obstinément.

Le doyen monta sur le podium et ouvrit la cérémonie. Je me retournai vers l'estrade, si furieuse que j'en tremblais. Plus de secrets, c'est ça ? Dire que j'avais gobé leur mensonge ! J'étais vraiment trop naïve…

Interception

Postée à une fenêtre de Billings, je pouvais surveiller à la fois la porte d'entrée du bâtiment et l'escalier. Kiran m'avait évitée toute la journée, mais j'avais décidé de l'intercepter avant qu'elle ne quitte le campus. Je voulais absolument savoir ce qui se tramait. Un feu crépitait dans la cheminée du salon. Rose et Vienna, entourées d'une dizaine de sacs et de valises, discutaient devant l'âtre en attendant les voitures qui viendraient les chercher. J'espérais que leur présence ne gênerait pas mon projet.

Grâce à ma position stratégique, j'assistais au départ de toutes les filles du dortoir. Certains parents étaient venus récupérer leur fille, mais dans l'ensemble, c'étaient plutôt des chauffeurs qui se manifestaient. Je trouvais ça un peu triste, mais cela ne semblait pas affecter mes camarades. Je supposai qu'elles y étaient habituées. D'ailleurs, de quel droit jugeais-je les autres, moi qui n'étais même pas invitée à rentrer chez moi pour les vacances ?

Un grand type séduisant apparut en haut des marches, chargé de bagages. Je reconnus les sacs Vuitton de Kiran et me levai. Cette dernière marchait dans les pas de son chauffeur, vêtue d'une petite robe rouge et d'un manteau noir au col de fourrure. Elle était chaussée de bottes noires et son rouge à lèvres rouge vif était assorti à sa robe. Elle soupira en m'apercevant et baissa ses lunettes.

– Je n'ai pas le temps, Reed. Appelle-moi ce week-end. Tu as mon numéro de portable ?

– Pas question ! répondis-je à mi-voix. Tu m'évites et je veux savoir pourquoi.

Je regardai Rose et Vienna du coin de l'œil. Elles semblaient intéressées, mais frustrées. J'en déduisis que les crépitements du feu masquaient notre conversation.

Kiran haussa les épaules :

– Je ne t'évite pas. J'étais occupée à faire mes valises.

– Où est Taylor ?

– Elle est rentrée chez elle, dit-elle, impassible.

– Dans une de tes voitures ? insistai-je.

Kiran se tut. Le chauffeur avait déjà passé la porte ; il se retourna.

– Un problème, mademoiselle Hayes ?

Kiran secoua la tête.

– Non, non, tout va bien. Je vous rejoins.

L'homme m'adressa un regard soupçonneux, suggérant qu'il était davantage un garde du corps qu'un chauffeur, puis se retira. Kiran remonta ses lunettes de soleil sur sa tête et me regarda d'un air condescendant.

– Pourquoi personne n'a-t-il parlé de son départ en catimini, au milieu de la nuit ? demandai-je. Pourquoi a-t-elle pris une de tes voitures ?

Kiran regarda alentour, puis m'attira dans un recoin derrière la porte et me poussa contre le mur.

– Tu veux bien la fermer ? siffla-t-elle entre ses dents.

Elle redressa le dos et me toisa sévèrement.

– Comment l'as-tu découvert ?

– Une de mes amies l'a vue partir, dis-je, le cœur battant. Kiran, que se passe-t-il ?

Kiran se gratta le front, soupira et baissa la tête. Quand elle la releva, elle était tout sourires.

– Ce qui se passe, c'est que tu es complètement parano, lâcha-t-elle. Personne n'a dit que Taylor avait quitté le dortoir en catimini parce que c'est faux. Elle avait un vol pour l'Indiana très tôt ce matin, et je lui ai proposé qu'un chauffeur de ma mère vienne la chercher. On savait toutes qu'elle partait de bonne heure.

– Pas moi.

– Eh bien, pardonne-nous si cette bribe d'information essentielle n'a pas filtré jusqu'à toi, dit Kiran, sarcastique. Il s'est passé pas mal de choses, ces derniers temps. Maintenant, si tu veux bien m'excuser, Helmut m'attend.

– Minute ! m'écriai-je, l'arrêtant avant qu'elle n'arrive à la porte. Si vous étiez toutes au courant, pourquoi as-tu flippé quand tu as découvert que je savais pour la voiture ?

Kiran se tourna vers moi avec lassitude.

– Quoi ?

– Tu m'as entraînée à l'écart quand j'ai parlé de la voiture. Comme si tu ne voulais pas qu'on m'entende. Si tout le monde savait qu'elle partait de bonne heure, pourquoi ces précautions ?

– Je ne vais pas crier sur les toits que j'offre des voyages gratuits, dit Kiran à voix basse. Si ça se sait, on va me harceler pour aller à Boston ou à l'aéroport. Je préfère éviter...

Je la dévisageai. Elle jouait son rôle à la perfection, mais je n'en croyais pas un mot. D'ailleurs, elle n'était pas dupe. C'est pourquoi deux secondes plus tard, sans même un au revoir, elle me claqua la porte au nez.

À : taylor_bell@gmail.com
De : rbrennan391@aol.com
Objet : Comment vas-tu ?

Chère Taylor,

Je t'écris parce que tu ne décroches pas ton portable et que je n'ai pas ton numéro de téléphone chez toi. Je voulais te parler hier soir, après ta dispute avec Noëlle, mais Kiran m'a demandé d'attendre. Tu avais l'air vraiment bouleversée. Comme je ne t'ai pas vue ce matin, je voulais m'assurer que tu allais bien.

En réalité, je t'ai vue partir cette nuit, et... disons que j'ai eu un sentiment étrange. Kiran me traite de parano, mais j'ai l'impression que quelque chose ne va pas, et je suis inquiète pour toi. Réponds-moi si tu peux, et confirme-moi que je suis folle !

J'espère que tu vas bien.

Bisous.

Reed

Thanksgiving

Le soir, je consultai mes e-mails sur l'ordinateur de Natasha toutes les cinq minutes, mais Taylor ne me répondit pas. J'espérais qu'elle était accaparée par sa famille, et qu'elle ne m'évitait pas, elle aussi. Si c'était le cas, je n'apprendrais jamais le fin mot de l'histoire.

Après que toutes les pensionnaires du dortoir eurent deserté Easton, la maison Billings se retrouva plongée dans un silence un peu lugubre. Finis les cris, les gloussements, la musique à fond et les séances de révisions fiévreuses. L'endroit était métamorphosé. Dans les couloirs, je m'attardai pour la première fois sur les portraits des anciennes pensionnaires, jusqu'à ce que j'éprouve le sentiment irrationnel d'être observée à mon tour. Prise d'une peur enfantine, j'allai ouvrir en grand les portes de toutes les chambres. Mme Lattimer, la surveillante du dortoir, vint à ma rencontre pour me prier gentiment d'arrêter ce tapage.

Je me repliai dans ma chambre et me détendis peu à peu. Certes, le bâtiment était silencieux comme une tombe, mais cela signifiait aussi que personne n'allait faire irruption dans la pièce pour exiger quelque chose de moi. Je me dis qu'un peu de solitude ne pouvait pas me faire de mal.

Je m'installai sur mon lit avec un livre, décidée à accomplir un maximum de travail. Chaque fois que je pensais à Thomas, je redoublais de concentration et prenais des notes avec frénésie. Je finis par m'assoupir, le livre ouvert sur les genoux.

Le jeudi matin, après une grasse matinée, je téléphonai à la maison. Je voulais souhaiter bonne chance à mon frère, rentré à Croton pour une raison que je ne m'expliquais pas. J'en profitai pour rassurer mon père sur mon compte : je me portais à merveille et aucun autre élève n'avait disparu du lycée. Ma mère prit le téléphone et me fit un sermon de trois minutes sur l'insécurité à Easton, pour tenter de me convaincre de rentrer à la maison. La connaissant, je devinai qu'elle ne s'inquiétait pas vraiment pour moi. Elle ne supportait tout simplement pas que j'aie ce que je voulais, et faisait son possible pour m'en priver. Puis mon père récupéra le combiné pour m'interroger sur mon bulletin. Je lui confirmai que mes notes me suffiraient à conserver ma bourse. Lorsque je raccrochai enfin, ce fut un réel soulagement.

Peu après midi, je partis faire un jogging sur le campus. Le parc était désert, et je pris le temps de l'admirer. Malgré ses arbres dénudés et ses plates-bandes dépourvues de fleurs, c'était l'endroit le plus magnifique que j'avais jamais vu. La moindre pierre était imprégnée de tradition et de noblesse. Des vitraux de la chapelle aux colonnes marquant l'entrée de l'établissement, tout évoquait l'ancien temps. Et ce jour-là, sans les sonneries des téléphones portables, il m'était facile de me mettre dans la peau d'un élève d'autrefois, entouré de garçons aux costumes de tweed, avec leurs cravates aux armoiries de l'école et leurs livres reliés de cuir.

Plus je courais, plus j'appréciais ma solitude. Je n'étais pas loin de me sentir propriétaire des lieux.

Apparemment, même l'inspecteur Hauer avait pris des vacances. Je m'attendais à le voir rôder dans le parc comme à son habitude, mais il ne se montra pas. Je commençais à me demander si je l'avais réellement vu suivre Taylor dans le brouillard, la veille. J'avais peut-être rêvé…

L'après-midi, je consultai encore mes mails. Toujours rien. J'envoyai une nouvelle missive à Taylor, pour lui dire qu'elle n'était pas obligée de se confier à moi, que je voulais juste m'assurer qu'elle allait bien. Puis j'éteignis l'ordinateur et me promis de ne plus vérifier avant le lendemain.

Lorsque j'arrivai à la cafétéria à dix-neuf heures, je me sentais revigorée. J'allais faire un bon repas sans penser ni à Thomas, ni à Taylor, ni à Hauer, ni à Rick, ni à personne d'autre.

À personne d'autre que Josh, qui était déjà assis au bout d'une table, au centre de la salle. Avec sa veste en velours côtelé et sa chemise bleue, il était si séduisant que je me sentis indigne de lui. Des chandelles étaient disposées à intervalles réguliers sur la table et des cornes d'abondance reposaient sur des lits de feuilles d'automne. Trois tables étaient dressées ainsi. À la première était assise Mme Lattimer, avec quelques autres membres de l'administration. La seconde était occupée par des étudiants étrangers. Josh était installé à la troisième en compagnie de plusieurs élèves boursiers. Ces derniers, le nez dans leurs livres, s'ignoraient mutuellement.

Il flottait dans la salle une odeur agréable, un mélange de dinde grillée et de pain frais. Je notai que les présentoirs du self-service étaient vides.

– Comment fait-on pour manger ? demandai-je à Josh.

– On nous sert à table, m'expliqua-t-il.

Je m'assis en lissant la jupe que j'avais empruntée à Kiran et bénis en silence la personne qui avait décidé de ne pas installer de serrures aux portes de nos chambres. Kiran refusait de me dire la vérité ? Très bien... En représailles, pendant les trois jours à venir, ses affaires seraient les miennes.

– Waouh ! m'extasiai-je. On est traités comme des princes.

Josh se pencha en travers de la table et indiqua discrètement son voisin le plus proche.

– En fait, je crois que ce type en est un…

Je ris. Au même moment, les portes de la cuisine s'ouvrirent et une demi-douzaine d'employés de la cafétéria entrèrent dans la salle, chargés de victuailles. Des plateaux de dinde farcie, de pommes de terre et de légumes variés furent bientôt disposés sur les tables, ainsi que des paniers pleins de petits pains. Ce repas s'annonçait excellent !

– Quand vous aurez terminé, nous vous apporterons le dessert, nous dit notre serveuse en inclinant la tête. Tarte aux pommes et crème glacée.

– Merci, répondis-je.

En repartant vers la cuisine, elle s'arrêta et me sourit. On ne devait pas la remercier souvent.

– Prête à faire bombance ? me demanda Josh en brandissant une cuisse de dinde au-dessus de mon assiette.

– Prête !

Josh sourit et nous servit plus que copieusement. Quand son assiette fut pleine, il y versa une grande louche de jus de viande, sans oublier le pain. Puis il me regarda arroser ma viande avec parcimonie.

– Petite joueuse, me taquina-t-il.

– C'est comme ça que je l'aime, protestai-je.

– Tu as prévu quelque chose après ? Je ne sais pas pour toi, mais moi je me suis emmerdé comme un rat mort, aujourd'hui.

– Qu'est-ce que tu as fait ?

– Pas grand-chose. J'ai peint un peu. J'ai appelé chez mes parents et chez ma tante, où j'ai arbitré une dispute entre Tess et Tori. Ce sont mes sœurs jumelles. Des filles de treize ans avec des caractères radicalement opposés. Ce n'est pas facile à gérer.

– Pourquoi se disputaient-elles ?

– Ma tante les a installées dans une chambre avec des lits superposés. Aucune ne voulait dormir dans le lit du haut. Il y a trois ans, elles ne voulaient pas dormir dans celui du bas. Je ne comprends rien aux filles.

– Nous sommes mystérieuses, dis-je.

Josh rit. La flamme des bougies faisait pétiller ses yeux.

– Tu dois être un grand frère génial, commentai-je. La plupart des mecs ne s'intéressent pas à leurs petites sœurs.

– J'essaie seulement de sauver le monde d'une fusion atomique, plaisanta Josh. Tu as des frères et sœurs ?

– Un frère aîné. Scott.

– Il est sympa ?

– Je n'ai pas à me plaindre.

– Où est-il, ce week-end ?

– À la maison, avec nos parents. J'aurais pu y aller aussi, par solidarité. Enfin, je suis convaincue qu'être seul là-bas est moins pénible pour lui que pour moi…

– Situation familiale critique ? se renseigna Josh.

Je me pétrifiai. Comment avais-je pu laisser filtrer une information d'une telle importance ? Je n'avais jamais parlé à personne de ma vie familiale. À part à Thomas.

– Rien de grave, dis-je avant d'enfourner un morceau de pomme de terre.

Josh m'observa longuement. Je crus qu'il allait me soumettre à un interrogatoire, mais il changea de sujet.

– Tu veux qu'on aille se balader après ?

Je regardai alentour pour voir si un adulte l'avait entendu. Heureusement, ils étaient trop absorbés par leur repas et leurs conversations.

– Je ne sais pas… Ça risque d'être difficile de fausser compagnie à Lattimer.

– C'est vrai qu'elle a tout du faucon, dit Josh en lorgnant vers ma surveillante.

Elle coupait sa nourriture en morceaux minuscules, qu'elle portait à sa bouche mince avec des mouvements secs et précis.

– On pourrait aller dans ma chambre…, insista-t-il.

– Non. M. Cross risque de nous entendre. Tu es seul dans le bâtiment. Il n'a rien pour le distraire.

– Reed, regarde-le. Ce type est presque centenaire et il se gave de dinde. Je te garantis qu'il ronflera avant même d'arriver à Ketlar.

Je regardai par-dessus mon épaule. M. Cross essuya sa moustache pleine de graisse et se resservit pour la seconde fois.

– Bon, si tu le dis…, fis-je en souriant.

Josh me rendit mon sourire.

– Ça roule !

Faux départ

– Attends, attends ! Tu ne t'es jamais cassé un os ? Pas un seul ? me demanda Josh, incrédule, tandis que nous approchions de son dortoir. Comment est-ce possible ?

L'air était vif et des milliers d'étoiles scintillaient dans le ciel. Je renversai la tête en arrière. Je me sentais soûle, bien que je n'aie pas absorbé une goutte d'alcool. C'était la magie de cette soirée qui me grisait : le campus désert et silencieux, le repas délicieux, les fous rires avec Josh pendant le dîner. Le reste, ce qui était à venir, je m'interdisais d'y penser de peur de tout gâcher.

– Équilibre parfait, forme olympique, peur panique des hôpitaux, répondis-je. Pourquoi ? Toi, tu t'es déjà cassé quelque chose ?

J'ouvris les bras et tournai sur moi-même, ivre de liberté.

– Tu parles ! Gamin, j'étais un vrai kamikaze. Je tombais des arbres, des vélos, dans les escaliers. Je tombais de tout ce qui se trouvait sur mon chemin. Si tu avais vu quand je me suis cassé le petit doigt ! L'os sortait sur le côté de ma main. Mon frère a vomi. C'était atroce !

Il enfonça les mains dans les poches de sa veste et se mit à sautiller sur place. Je me mordis la lèvre pour réprimer un sourire. Sa nervosité trahissait son envie qu'il se passe quelque chose entre nous.

– Je me suis même cassé la mâchoire ! annonça-t-il comme si c'était un exploit.

– Ah bon ? Comment ?

– C'est ce qui arrive quand les parents confinent leurs gosses dans des maisons de campagne, sans rien à faire… J'étais à Litchfield avec Lynn. Pour tromper notre ennui, on a essayé de franchir le mur du son avec mon scooter. Il manquait une brique dans le trottoir, et j'ai décollé. Je me suis ramassé sur un garage à vélos. L'horreur. Je te jure ! Après ça, j'ai dû garder la bouche fermée avec du fil de fer pendant une éternité.

J'explosai de rire et tombai sur le côté, manquant de renverser Josh.

– En effet, quel équilibre ! s'esclaffa-t-il.

Sa remarque me fit hurler de rire et je me pliai en deux. On aurait dit qu'il vaporisait du gaz hilarant sur moi. Jamais personne ne m'avait fait cet effet.

– Ressaisis-toi, Brennan, me taquina-t-il. Je te rappelle qu'on est ici incognito.

– C'est toi qui n'as pas arrêté de parler depuis la fin du dîner, me défendis-je.

Il me dévisagea une seconde, perplexe, puis :

– Tu as raison. J'arrête. Désolé...

– On n'a qu'à chuchoter, lui proposai-je en lui posant une main sur le bras.

– OK.

Il poussa la porte, mit un doigt sur ses lèvres et écarquilla les yeux de façon comique. Je hochai la tête et tentai de garder mon sérieux lorsque nous nous glissâmes dans le bâtiment. Josh retint le battant pour qu'il fasse le moins de bruit possible en se refermant. Une fois à l'intérieur, il me montra la chambre de M. Cross et écarquilla de nouveau les yeux en guise d'avertissement. Nous la dépassâmes sur la pointe des pieds. Soudain, prise de fou rire, je plaquai une main sur ma bouche. Étais-je folle ? Depuis quand le fait de transgresser un interdit me mettait-il dans cet état ? Lorsque les filles Billings m'avaient obligée à le faire, j'avais trouvé cela beaucoup moins amusant. Normal : elles n'étaient pas aussi craquantes que Josh, et elles ne sentaient pas aussi bon.

Je reniflai.

– Qu'est-ce que tu fabriques ? chuchota Josh.

Il me prit par la main et m'entraîna en courant. Il me sembla que nous mettions dix minutes à parcourir les dix mètres du couloir. J'étais convaincue que M. Cross allait sortir de sa chambre et nous surprendre, pourtant, je souriais de toutes mes dents.

– Excuse-moi ! murmurai-je quand nous fûmes enfin en sécurité dans sa chambre. C'était irrésistible.

– Tu es un vrai danger public ! dit Josh, haletant.

Il regarda par-dessus son épaule, comme s'il allait distinguer quelque chose à travers la porte.

– Tu crois qu'il nous a entendus ? demandai-je en m'approchant de lui.

– Non, non. Il doit déjà ronfler.

Il tourna son visage vers moi et nos nez se touchèrent. Josh hésita. L'air se chargea d'électricité. J'entendais presque son cœur battre à travers sa chemise. Je posai une main sur sa poitrine. Il la regarda avec stupéfaction, puis m'enlaça, m'attira à lui et m'embrassa si brutalement que je vacillai en arrière. Nous fûmes séparés pendant une demi-seconde, puis il fondit de nouveau sur moi, m'embrassant comme si sa vie en dépendait, écrasant ses lèvres contre les miennes. Je ne pouvais même pas lui rendre son baiser. Ça ne me plaisait pas trop. Pas du tout, même !

Thomas ne m'avait jamais embrassée ainsi. Thomas était délicat, attentionné. Thomas était…

Un sanglot se coinça dans ma gorge. Je ne pouvais plus respirer. Je tendis la main et repoussai violemment Josh.

– Qu'est-ce qu'il y a ? me demanda-t-il, le souffle court. Ça ne va pas ? Je t'ai…

– Non, ce n'est rien… J'ai juste… Excuse-moi.

Qu'est-ce que j'avais fait ? Je ne comprenais plus rien. J'éclatai en sanglots.

– Reed ! s'écria Josh. Reed, je suis désolé ! Est-ce que ça va ?

Je fixai le mur à travers un voile de larmes. Deux minutes plus tôt, j'étais pliée de rire et voilà que je pleurais toutes les larmes de mon corps. Avais-je perdu la tête ?

– Non, ça ne va pas, dis-je entre deux hoquets.

– Je n'aurais pas dû… Pardonne-moi, Reed, dit-il en me prenant dans ses bras pour me forcer à me lever.

Il m'attira contre lui.

– Chuut, ça va aller.

Il glissa mes cheveux derrière mon oreille et les caressa, sans cesser de m'étreindre.

– Ce n'est rien. Ça va aller.

Il répéta ces mots inlassablement, jusqu'à ce que j'arrête de pleurer. Jusqu'à ce que je commence à le croire.

Honteuse

En me réveillant le lendemain matin, je me sentais idiote. Pourquoi étais-je incapable de maîtriser mes émotions ? Combien de temps allais-je me comporter comme une bombe à retardement ? Je n'en revenais pas d'avoir fondu en larmes alors que Josh m'embrassait. Notre premier baiser n'était peut-être pas tel que je l'avais rêvé, mais Josh était adorable, drôle, solide. Il aurait pu devenir un petit ami génial. C'était déjà mon ami, d'ailleurs, et il ne méritait pas d'être traité ainsi.

Chaque fois que j'y repensais, les joues me brûlaient. J'avais tellement honte que je manquai le petit déjeuner. Je restai assise dans ma chambre, à consulter mes mails en grignotant des biscuits subtilisés dans le placard de Kiran, dans sa fausse « boîte de la honte ». C'était du pillage en règle !

À dix heures, je décidai que j'avais assez attendu. Taylor ne s'était toujours pas manifestée et mon inquiétude grandissait. Je rédigeai un nouveau message.

À : taylor_bell@gmail.com
De : rbrennan391@aol.com
Objet : S'il te plaît

Taylor,

Je commence à vraiment m'inquiéter. S'il te plaît, réponds-moi. Merci.

Reed.

À peine avais-je appuyé sur la touche « envoi » que mon téléphone sonna. Ayant frôlé de justesse la crise cardiaque, je le pris d'une main tremblante. Je grimaçai en voyant le nom de Josh s'afficher à l'écran, et je laissai la messagerie répondre à ma place.

Dix secondes après, Josh rappela. Je ne décrochai toujours pas. Le téléphone sonna une troisième fois.

Je soupirai et pris l'appel :

– Allô.

– J'ai bien fait d'insister, ironisa Josh.

– Qu'est-ce qu'il y a ?

– Je suis prêt pour une partie de foot. Ça te dit ?

– Hein ?

– Regarde dehors.

Je quittai le bureau de Natasha et allai me poster à la fenêtre. Josh était en bas dans l'allée et me regardait en souriant, un ballon en équilibre sur la paume. Il portait un sweat à capuche aux couleurs d'Easton et un pantalon de survêtement. C'était plus que tentant.

– Alors, tu ne me prends pas pour une dingue ? demandai-je.

– Non. S'il y a un dingue ici, c'est moi. J'étais un peu surexcité hier soir et je... je suis allé trop loin.

Je virai à l'écarlate.

– Écoute, reprit Josh, je te propose d'oublier ce qui s'est passé. Tu crois que c'est possible ?

Aïe ! Regrettait-il de m'avoir embrassée ? Ne voulait-il pas recommencer ? Pour ma part, j'étais ouverte à d'autres tentatives... pourvu qu'il fasse preuve d'un minimum de délicatesse.

– Donc, tu veux jouer au foot, résumai-je.

– Je me suis dit que la meilleure façon de me racheter, c'était de te laisser me ridiculiser sur le terrain. Allez, Brennan, viens me montrer ce que tu as dans le ventre !

Son sourire était contagieux, même vu d'en haut.

– J'arrive !

Provocations

Le foot était le remède idéal. Pas seulement le foot, d'ailleurs. Le beau temps, le ciel lumineux, la vue qu'on avait du campus depuis le terrain de foot, l'air frais, l'exercice physique, la sueur, la brûlure dans mes jambes... Et bien sûr, les provocations :

– Oh ! Il a perdu la balle ? criai-je à Josh, hilare.

Je venais de lui subtiliser le ballon et je courais derrière, ventre à terre.

– Dis donc, Hollis, je croyais que tu faisais la fierté de ton équipe... Ton jeu de jambes laisse sérieusement à désirer !

Josh me rattrapa en quelques foulées. Il était rapide, il fallait bien le reconnaître. Il se planta devant moi et essaya de me barrer le chemin.

– Je n'ai jamais prétendu que j'étais au top, dit-il, haletant. Pour être honnête, je botte souvent en touche. Je préfère le base-ball.

– Ah, bon ! Tout s'explique. On peut se passer de souffle quand on reste debout sans bouger pendant tout le jeu…

Je m'arrêtai et posai le pied sur le ballon. Josh se campa dans une attitude de défi, les mains sur les hanches.

– Pourquoi tu t'arrêtes ? Tu es intimidée ? me demanda-t-il, hors d'haleine.

Je ris.

– Non. Je te ménage pour ne pas avoir à utiliser le défibrillateur.

– Viens ! Allez, viens ! fit-il en me faisant signe d'approcher. Je vais te reprendre la balle.

– Sans blague ? Vas-y, je t'attends.

Je croisai les bras et lui décochai un sourire narquois. Josh nous regarda tour à tour, le ballon et moi.

– Tu es sérieuse ?

– Ouais. Je te défie de me la prendre !

Josh haussa les épaules et se détourna.

– Comme tu voudras. Tu me mâches le travail !

Il fit brusquement volte-face et projeta une jambe en avant. Mais c'était compter sans mes réflexes de ninja ! Je me contentai de faire rouler le ballon sous mon pied pour le mettre à l'abri. En voulant changer de direction au dernier moment, Josh s'emmêla les pinceaux et plongea. Sa jambe glissa sous la mienne et je me retrouvai par terre sans comprendre ce qui m'arrivait. Qui parlait de réflexes ?

J'étais allongée de travers sur Josh, face contre terre. Nous fîmes une tentative commune pour nous dégager, mais nos jambes étaient bizarrement emmêlées. Mon pouls accéléra.

– Tu tombes vraiment beaucoup ! lui dis-je en me tortillant.

Josh se tourna, de sorte que nous nous retrouvâmes face à face. Sa poitrine était à quelques centimètres de la mienne. Il avait une feuille prisonnière dans les cheveux, et une traînée marron lui barrait le menton.

– En fait, je l'ai fait exprès, avoua-t-il.

Sur ces mots, il m'attira à lui, et il me sembla que la gravité s'inversait. Puis il posa ses lèvres sur les miennes avec une douceur incroyable. Nous échangeâmes un baiser plein de tendresse et de respect. Un vrai baiser : excitant, mais aussi rassurant, qui donnait l'impression de s'enfoncer dans un oreiller.

Josh effleura mon visage du bout des doigts et je reposai ma joue sur son biceps. Mon esprit était libre de toute culpabilité. Je n'éprouvais ni remords, ni besoin de comparer. Je ne pensais qu'à Josh, à la brise fraîche, aux senteurs d'herbe coupée et de feuilles mortes. C'était notre premier vrai baiser.

– Hum !

Nous nous séparâmes brusquement. Je voulus me relever, mais je glissai et retombai lourdement sur le derrière.

À moins de vingt mètres de nous se tenaient trois hommes aux mines sévères : l'inspecteur Hauer, le commissaire Sheridan et le doyen Marcus.

– J'aurais peut-être dû imposer un emploi du temps plus strict aux élèves que le lycée a eu l'amabilité d'héberger ce week-end, dit le doyen.

Il y avait dans son expression un mélange de froideur, de fatigue et d'ennui, ainsi qu'un soupçon de reproche, comme si nous étions responsables de ses désagréments.

– Désolé, monsieur, dit Josh et se remettant sur pied.

Il m'offrit ses mains pour m'aider à me relever.

– C'était dans le feu de l'action, ajouta-t-il. Ça ne se reproduira plus.

– En effet, dit le doyen en s'approchant de nous.

Les deux autres marchèrent dans ses pas. L'inspecteur Hauer me regardait avec un air vaguement amusé. Je détournai les yeux. S'il s'imaginait une quelconque complicité entre nous, il se mettait le doigt dans l'œil. Je me méfiais de lui depuis que je l'avais vu suivre mon amie dans le noir.

– Je vous engage à rester chacun de votre côté jusqu'à la fin du week-end, dit le doyen Marcus. Je vais informer Mme Lattimer et M. Cross de cette consigne.

– Oui, monsieur, répondit Josh.

– Oui, monsieur, fis-je en écho.

– Monsieur Hollis, ajouta le doyen, le commissaire

Sheridan et l'inspecteur Hauer souhaiteraient vous dire un mot.

– Plus qu'un mot, en réalité, rectifia le commissaire, très sérieux. Il y a beaucoup de sujets que nous aimerions aborder avec vous.

Josh devint pâle comme un linge. Je le fixai, espérant qu'il me rendrait mon regard, mais il garda les yeux rivés sur le commissaire.

– Pourquoi, il y a du nouveau ? demanda-t-il. Un problème ?

– Absolument pas, Monsieur Hollis, dit l'inspecteur. Vous n'avez aucune raison de vous inquiéter. C'est juste qu'après avoir exploré la piste que vous nous avez indiquée, nous souhaiterions vous poser de nouvelles questions. Nous voudrions être sûrs de ne rien laisser au hasard.

– C'est la procédure habituelle, ajouta froidement le commissaire. Vous êtes la dernière personne à avoir vu Thomas Pearson vivant, et nous pensons que vous pourriez avoir omis quelques détails…

– Je n'ai rien omis, répliqua vivement Josh.

Les trois hommes le dévisagèrent comme s'il venait de leur faire un doigt d'honneur. Mon estomac me parut étrangement vide.

– Des détails que vous auriez oubliés…, rectifia l'inspecteur Hauer.

– Ah. Bien sûr. D'accord.

Josh frotta ses paumes sur son survêtement, puis me jeta un bref coup d'œil par-dessus son épaule.

– Bon, ben... à plus tard.

– Je pensais avoir été clair..., gronda le doyen.

Il en fallait plus pour me faire taire.

– À bientôt, dis-je à Josh d'une voix ferme, espérant lui exprimer mon soutien par ces deux mots anodins.

Josh était anxieux, et cela me contrariait de le voir partir seul avec ces hommes. C'était trop injuste qu'ils le tourmentent ainsi, juste parce qu'il avait eu la malchance de partager sa chambre avec Thomas. J'aurais aimé pouvoir l'aider, le protéger.

– Ouais, à bientôt, dit Josh.

Il me fit un pauvre sourire et shoota dans le ballon pour me l'envoyer avant de s'éloigner, flanqué des deux policiers. Il avait beau être presque aussi grand qu'eux, il me fit penser à un enfant, marchant la tête basse entre deux adultes fâchés.

– Je vous escorte jusqu'à Billings, mademoiselle Brennan, me dit le doyen d'un ton revêche.

Pendant quelque temps après mon arrivée à Billings, le doyen ignorait encore mon identité. J'aurais donné cher pour retrouver cet anonymat.

Un coup de fil

Mme Lattimer me consigna dans ma chambre pour le restant de la journée. Elle vint me chercher à l'heure du déjeuner et m'escorta jusqu'à la cafétéria, où Josh ne se montra pas, puis elle me raccompagna dans mes quartiers. Ce n'était pas nécessaire, bien sûr. Je n'allais pas débouler comme une furie dans Hell Hall et tenter d'arracher Josh aux griffes des policiers. Cependant, je ne protestai pas. Lattimer sourit pendant ces allées et venues comme je ne l'avais jamais vue sourire. Elle était visiblement ravie de jouer les geôliers.

De retour dans ma chambre, je me mis à tourner en rond comme un lion en cage. Je m'inquiétais pour Josh. Pourquoi les policiers l'interrogeaient-ils encore ? Que pouvait-il bien avoir de plus à leur dire ? Ils l'avaient déjà questionné plusieurs fois. Ce n'était pas sa faute s'ils n'étaient pas capables de faire leur boulot et de comprendre ce qui était arrivé à Thomas.

Dire que j'étais venue dans ce lycée pour étudier et m'assurer un avenir meilleur que celui qui m'était promis à Croton. Au lieu de cela, je passais mon temps à me tracasser au sujet des mecs. C'était un comble !

Comme pour achever de me démoraliser, Taylor n'avait toujours pas répondu à mes e-mails. J'allais devoir attendre son retour, dimanche soir, pour connaître le fin mot de l'histoire. Je lui adressai sans trop y croire un dernier message. Peut-être finirait-elle par m'écrire pour me demander d'arrêter de la harceler. Ce serait mieux que rien.

Entre l'interrogatoire de Josh et la disparition de Taylor, je ressassais des questions sans réponses. Pour me changer les idées, je décidai de m'atteler au travail. J'avais un retard énorme, et le soulagement me gagnait à mesure que je barrais des lignes sur ma liste. Étudier tenait mes soucis à distance, et me permettrait peut-être de retarder ma débâcle scolaire. C'était toujours mieux que de faire les cent pas.

Le soleil se coucha de bonne heure et j'allumai ma lampe de bureau. Quand mon téléphone portable sonna, je sursautai violemment. Je m'étonnai de découvrir le nom de Noëlle sur l'écran.

– Allô ?

– Salut, Reed ! C'est comment, la Sibérie ?

– Bien. Et New York ?

– C'est New York, résuma-t-elle. J'ai passé la journée chez Bergdorf[1] à regarder ma mère essayer des pantalons.

– Passionnant !

– Bah... J'ai eu un sac neuf en prime.

Comme si elle avait besoin d'un sac ! Elle en avait déjà au moins cinq cents, fourrés jusque dans les moindres interstices de sa chambre.

– Et Thanksgiving à la cafétéria ? reprit-elle. On a du mal à imaginer que la vie continue quand on n'est pas là...

Je fronçai les sourcils, surprise. Noëlle m'appelait-elle vraiment pour papoter avec moi, sans arrière-pensée ? Fallait-il qu'elle s'ennuie ! Enfin, j'étais touchée qu'elle ait choisi de m'appeler moi, plutôt que... que n'importe qui d'autre.

J'allai m'asseoir sur mon lit et calai mon dos avec mes coussins. J'étais prête pour ma première conversation téléphonique 100 % futile. Je commençais à me fondre dans le moule Billings.

Je me disais que si nous restions assez longtemps au téléphone, Noëlle baisserait peut-être la garde et me parlerait de Taylor... Je découvrirais alors pourquoi elles s'étaient disputées, et si Noëlle savait que son amie avait prévu de partir de bonne heure.

---

1. Bergdorf Goodman est un grand magasin de luxe à Manhattan.

– On s'est régalés hier soir, mais aujourd'hui, c'était nul, lui dis-je.

– Pourquoi ? Que s'est-il passé ?

– Les flics sont venus chercher Josh pour l'interroger de nouveau. On dirait que leur enquête est revenue à la case départ.

– Et ils s'imaginent qu'il sait quelque chose ? demanda Noëlle, soudain intéressée.

– Je ne sais pas. Peut-être. Ils le soupçonnent de leur avoir caché un truc.

Je m'attendais à un reniflement, un rire, ou n'importe quelle réaction. Je n'entendis que du silence.

– Noëlle ?

– Et comment ça s'est passé ? reprit-elle enfin.

– Aucune idée. Je ne l'ai pas vu aujourd'hui... Tu crois qu'ils l'ont gardé toute la journée pour l'interroger ?

– Tu as l'air drôlement inquiète, dit Noëlle, alertée.

Je rougis et me réjouis qu'elle ne soit pas là pour me voir. J'aurais adoré confier mes nouveaux émois à une copine, mais avec Noëlle, c'était trop risqué ! Je n'aurais pas supporté de l'entendre critiquer Josh, alors que je frissonnais encore chaque fois que je pensais à notre baiser.

– Je n'ai que ça à faire, lui dis-je sans me démonter. J'espère qu'il va bien.

– Ne t'en fais pas, il s'en sortira, dit Noëlle.

– Ouais, mais...

– Crois-moi. Si quelqu'un peut supporter un interrogatoire, c'est bien Josh Hollis.

Je me pétrifiai.

– Qu'est-ce que tu veux dire ?

Nouveau silence.

– Rien, finit par répondre Noëlle. C'est juste que… tu connais Josh. C'est le mec le plus mature à Easton. Il est plus adulte que la plupart des profs.

Elle voulait me faire rire, c'était évident, mais j'en étais incapable. Je ne pouvais me défaire de l'idée que son commentaire n'était pas anodin.

– Noëlle…

– Une seconde.

Elle couvrit le téléphone avec sa main et je l'entendis crier quelque chose d'inaudible. Un instant après, elle était de retour.

– Il faut que je te laisse, Reed. On a prévu d'aller prendre un verre avant l'opéra. On se voit dimanche soir…

– Attends une seconde.

– Ne vois pas le mal partout, Reed. J'ai parlé sans réfléchir, dit Noëlle de ce ton autoritaire qui me donnait toujours l'impression d'avoir cinq ans. Tu verras Josh au dîner et tout ira bien.

Je soupirai. Elle était pressée, et je savais que je n'en tirerais rien de plus.

– Ouais, j'espère.

– Il faut que je te laisse, ajouta-t-elle. À plus tard.

Puis la ligne sonna occupé.

Mes cahiers ouverts sur mon bureau n'attendaient que moi. Mais soudain, je me sentis épuisée à la seule perspective de me lever. Je m'allongeai tout à fait et décidai d'attendre sans rien faire que Lattimer vienne me chercher pour dîner.

Victime

Noëlle avait raison sur un point : je vis Josh au dîner. Il entra à la cafétéria une demi-heure après tout le monde, escorté par M. Cross. Il n'était que l'ombre de lui-même. Sa peau était cireuse, ses traits tirés, et ses cheveux auraient eu grand besoin d'un masque aux huiles essentielles.

Oui, je l'avoue : c'est la première pensée qui me vint en le voyant. À croire qu'à force de me servir dans l'armoire de Kiran, j'avais été contaminée par sa vision du monde.

Toutefois, à la seconde suivante, une vague d'indignation me souleva la poitrine. J'étais furieuse qu'ils nous empêchent de nous voir. Que Josh soit harcelé. Que rien ne soit jamais simple.

Je me redressai et Josh me regarda du coin de l'œil. Son regard disait sa colère et sa peur. Il échangea quelques mots avec Cross, qui commença par secouer la tête en pinçant les lèvres pour marquer sa désapprobation. Quand le vieil homme acquiesça enfin, Josh le quitta sans demander son reste. Je me levai pour l'accueillir.

– Salut !

Je mourais d'envie de le prendre dans mes bras et de le serrer à l'étouffer. J'aurais cédé à la tentation si je n'avais senti que tous les yeux dans la salle étaient rivés sur nous.

– Salut, répondit simplement Josh.

M. Cross s'approcha du doyen pour lui parler à l'oreille. Marcus nous regarda sévèrement et je me sentis bouillir de colère. Je lui rendis son regard, du défi dans les yeux. Il se détourna.

Josh s'affala en face de moi et prit sa tête entre ses mains. Je me rassis.

– Est-ce que tu vas bien ? murmurai-je.

– Non.

Il abattit ses bras sur la table. Je sursautai lorsque sa montre frappa le plateau. Ses yeux étaient injectés de sang et ses pupilles, énormes.

– Je les ai eus sur le dos toute la journée, expliqua-t-il. Ils m'ont posé des questions en boucle, comme s'ils voulaient me faire craquer…

– Ils ne te soupçonnent quand même pas ? demandai-je.

Mon cœur battait dans mes tempes. Non ! C'était impossible ! Josh était le mec le plus doux, le plus généreux et le plus normal de ce lycée, de ce repaire de gens égocentriques et gâtés. Si Hauer et Sheridan le croyaient impliqué dans le meurtre de Thomas, autant qu'ils changent tout de suite de métier pour embrasser une profession ne demandant ni intuition, ni connaissance de l'esprit humain.

– Non. Je ne crois pas. Je n'en sais rien...

Josh appliqua ses paumes sur ses yeux. Je ne l'avais jamais vu aussi défait.

– Comme j'ai tardé à leur dire que Thomas vendait de la drogue, ils s'imaginent que je leur cache autre chose. Ils me mettent une pression infernale.

Il avait lâché ce dernier mot entre ses dents, la mâchoire serrée. Il prit une de mes mains dans les siennes.

– C'est ridicule, protestai-je. Tout le monde savait ce que Thomas trafiquait, et personne ne l'a dénoncé. À ce compte-là, on est tous coupables...

– C'est vrai, soupira Josh. Mais je suis le seul qu'ils soupçonnent.

J'aurais voulu faire quelque chose, mais quoi ? Je ne trouvais même pas de mots pour le réconforter. Ce qui lui arrivait était tellement injuste. Josh était un type loyal, fidèle à ses amis, et voilà où cela l'avait mené. Voilà où il en était pour avoir voulu protéger un dealer de drogue, menteur et calculateur.

– Ils vont finir par te laisser tranquille. Tôt ou tard, ils réaliseront que tu ne sais rien et ils lâcheront l'affaire.

Josh croisa les bras sur la table et posa son menton dessus. Du bout des doigts, il tira sur ses manches et fit disparaître ses mains à l'intérieur, comme pour se protéger du froid. Il me fit de nouveau penser à un enfant, fragile et effrayé. Nous restâmes un long moment les yeux dans les yeux, et je crus entendre nos cœurs battre à l'unisson, à un rythme effréné.

– Ouais, il vaudrait mieux, gémit Josh. Parce que je ne vais pas tenir longtemps…

– Tu m'étonnes !

Soudain, il me vint l'envie de frapper quelqu'un. N'importe qui…

Non, en fait, pas n'importe qui. Je savais très bien qui j'avais envie de frapper, de rouer de coups jusqu'à ce que mort s'ensuive. Le problème, c'est que cette personne était déjà six pieds sous terre.

– Ça va s'arranger, dis-je.

– Je l'espère, fit Josh en frissonnant.

Il me pressa la main.

– Je l'espère vraiment.

À cet instant précis, je haïssais Thomas Pearson. Qu'il soit mort n'y changeait rien. Je le haïssais de toutes mes forces.

Diversion

Lorsque je regagnai Billings le dimanche après-midi, une joyeuse cacophonie régnait dans le dortoir. Je souris en refermant la porte derrière moi. Les filles étaient de retour, et elles étaient aussi excitées que si elles ne s'étaient pas vues depuis deux mois.

Je jetai un bref coup d'œil dans le salon, où les villes jumelles, Rose, Cheyenne et quelques autres étaient en grande conversation. Taylor n'était pas parmi elles. Je les saluai avant de monter poser mes affaires. Quand j'ouvris la porte de ma chambre, Noëlle, Ariana, Kiran et Natasha se tournèrent brusquement vers moi et se turent, comme si elles étaient surprises de me voir entrer dans ma propre chambre.

Taylor n'était pas là non plus.

– Salut, Reed !

Natasha quitta le petit groupe pour me serrer dans ses bras. Elle rayonnait.

– Comment vas-tu ? m'interrogea-t-elle. Comment s'est passé ton week-end ?

– Euh… pas mal. Et toi ?

– Super ! J'ai vu Leanne.

Ah… D'où son air radieux.

– Reed !

Kiran, juchée sur de hauts talons et vêtue d'une élégante robe droite, s'avança à son tour et embrassa l'air près de mes joues. Sa peau était parfaitement lisse, exfoliée et maquillée, et elle avait adopté un nouveau parfum, une fragrance fleurie et apaisante. Elle semblait avoir oublié notre dernière conversation… contrairement à moi.

– C'était comment, ici, sans nous ? demanda Ariana en m'étreignant légèrement.

– Ennuyeux comme la mort, je suppose, dit Noëlle.

– Comme la pluie, rectifia Kiran.

Noëlle eut un petit sourire.

– Si tu préfères…

– Bon, assez bavardé, dit Kiran. Passons aux cadeaux !

– Les cadeaux ?

Kiran se tourna pour me montrer un gros sac en papier. Elle glissa son pouce dans les anses en corde, le souleva et me le présenta.

– C'est pour toi ! annonça-t-elle. Pour te consoler d'avoir passé quatre jours seule à Easton.

Je n'en revenais pas. Ces filles sautaient vraiment sur la moindre occasion pour acheter ! Venant de Kiran, ce présent me faisait penser à une excuse. À un moyen d'acheter mon silence...

– Qu'est-ce que c'est ?

– Ouvre ! s'impatienta-t-elle.

– Tu n'aurais pas dû..., dis-je en lui prenant le sac des mains.

Il était lourd et contenait une grosse boîte en carton glacé. Je la sortis, la posai sur mon lit et soulevai son couvercle. Un parfum de frais s'en échappa. Celui de l'opulence. Je dépliai précautionneusement le papier de soie et me figeai en découvrant un manteau de laine et cachemire noir, doublé de soie. Un nom était brodé sur l'étiquette : Dior.

– Eh bien..., siffla Natasha.

– Il est sublime, non ? fit Kiran en sortant le manteau de la boîte. Quand je l'ai vu, je me suis dit qu'il était fait pour toi, Reed. Tu ne peux pas continuer à te promener dans ton machin bleu miteux.

Mon « machin bleu miteux », c'était le manteau tout neuf que mon père m'avait acheté chez Lands End. J'avais beau être horriblement vexée, j'étais d'accord avec elle. Mes fringues n'étaient pas à la hauteur de celles des autres filles Billings, ni de quiconque à Easton, d'ailleurs. Sauf peut-être de Kiki, avec sa longue doudoune noire à la capuche bordée de fourrure, qui lui donnait l'air d'une saucisse chevelue. Cependant, j'avais le sentiment que pour elle c'était un parti pris, un moyen de faire passer un message. Mon manteau bleu ne disait qu'une chose : « classe moyenne ».

– Merci, Kiran, dis-je lorsqu'elle me tendit le manteau. Je l'adore !

– À mon tour ! annonça Ariana.

Elles avaient chacune un cadeau pour moi. Ariana m'offrit un foulard en soie rouge, Noëlle une paire de lunettes de soleil Coach, et Natasha, un roman : *The Lovely Bones*.

– Tu lui offres un livre ? dit Noëlle avec répugnance, comme s'il s'agissait d'une crotte de chien.

Natasha l'ignora.

– Il est excellent. Tu trouveras peut-être le début bizarre, mais c'est un super bouquin.

– Merci, dis-je en souriant. Mais vous n'auriez pas dû, les filles. Vraiment, il n'y avait pas de raison de me...

– Il n'y a rien à faire à New York, à part du shopping, me coupa Noëlle.

« Ben voyons... »

– Il y aurait d'autres choses à faire à Atlanta, mais je les ai déjà toutes faites, ajouta Ariana avec un petit sourire.

Je posai mon trésor sur mon lit et glissai les pouces dans les poches de mon jean. Je ne pouvais attendre plus longtemps de poser la question qui m'obsédait :

– Et... Où est Taylor ?

Le regard qu'elles échangèrent me donna la chair de poule. Un regard du genre : « Vous voulez le lui dire, ou je m'en charge ? » Finalement, c'est Ariana qui se jeta à l'eau :

– Reed, Taylor ne reviendra pas au lycée.

Je fus prise d'un léger vertige.

– Quoi ?

– Elle prend des vacances, continua Ariana. Elle a besoin de repos.

Elle fronça le nez en articulant ce dernier mot, comme s'il lui faisait horreur. Je regardai Kiran, très occupée à jouer avec mon nouveau foulard.

– Qu'est-ce que ça signifie ? demandai-je.

– Ce qu'Ariana essaie de te dire, c'est que Taylor a craqué, intervint Noëlle. Elle ne supportait plus la pression et elle a pété un plomb. Ça arrive souvent, ici.

– Ses parents l'ont fait entrer dans un établissement, chuchota Ariana en fronçant de nouveau le nez.

– Rien de bien méchant, compléta Kiran. Une espèce de centre de cure thalasso. Pour qu'elle puisse se ressourcer...

– Attendez, ça ne rime à rien ! protestai-je. Taylor n'était pas du tout sous pression. Elle n'a jamais eu besoin d'étudier pour récolter les meilleures notes. Elle allait très bien.

– Pardon ? dit Noëlle. On dirait que tu n'as pas remarqué les larmes et les crises de nerfs.

Je clignai des yeux. Certes, elle avait raison sur ce point. Mais je croyais que Taylor était bouleversée par la mort de Thomas et le refus de Harvard de l'inscrire au programme d'été. Le fait qu'une jeune fille soit émotive justifiait-il qu'on l'enferme dans un « établissement » ?

– Elle va se remettre, annonça Kiran. Il faut juste qu'elle passe quelque temps loin d'ici. Je vous parie qu'on la reverra au trimestre prochain.

– Bien sûr ! dit Ariana, d'un ton qui se voulait rassurant.

– Et... est-ce que je peux lui parler ? demandai-je. J'ai essayé de lui envoyer des e-mails...

– En général, dans ce genre de centre, on te coupe du monde extérieur, me dit Natasha. Tu sais... pour que tu puisses te concentrer sur ta guérison. Elle ne te donnera sans doute pas de nouvelles avant un certain temps.

Je m'imaginai Taylor prisonnière d'une camisole de force, enfermée dans une cellule capitonnée, en train de fixer le mur. Tout cela me paraissait complètement irréel.

– Au moins quelques semaines, ajouta Noëlle.

– Mais... mais je...

– Écoute, Reed, Taylor ne revient pas. Il va falloir que tu te fasses à cette idée, trancha Noëlle.

Puis elle sourit :

– Mais nous, on est là ! Et je propose qu'on change de sujet...

– On pourrait parler de tes cadeaux fabuleux, par exemple, s'écria Kiran.

Elle me posa le manteau Dior sur les épaules et recula pour l'admirer.

– Ah, oui. Voilà ! Ça, c'est un manteau.

J'effleurai distraitement l'étoffe luxueuse. Pourquoi étaient-elles aussi insensibles ? Taylor était leur amie. Était-ce moi qui prenais les choses trop à cœur ? Peut-être que cette histoire n'était pas si grave, en fait. Peut-être que ce genre de choses arrivait tout le temps. À voir la légèreté avec laquelle elles traitaient l'affaire, cela semblait être le cas.

Kiran m'attira devant le miroir en pied.

– Regarde-toi !

– Tiens ! dit Noëlle en me tendant les lunettes noires.

Kiran me les mit sur le nez et je me retrouvai transformée en fashionista digne de la couverture de *Us Weekly* ou de *People*. Une star de cinéma fuyant les paparazzi !

– Attends, dit Natasha.

Elle noua le foulard d'Ariana autour de ma tête, couvrant mon front et mes cheveux.

– Regardez ! On dirait Sienna Miller ! dit Kiran.

– Arrête ! m'esclaffai-je.

– Tu as vraiment l'air célèbre, insista Ariana.

– Dans un aéroport, les gens feraient la queue pour te demander un autographe, dit Noëlle.

Elles se donnaient du mal pour m'empêcher de penser à Taylor. J'étais convaincue que je ne parviendrais pas à la chasser tout à fait de mon esprit, mais je savais aussi que je ne pourrais pas leur faire aborder le sujet contre leur gré. J'inspirai à fond et décidai de jeter l'éponge. Pour l'instant.

– Vous savez ce qu'il lui faudrait, dit Kiran. Une signature olfactive.

– Ah…

Je n'avais jamais mis de parfum de ma vie, mais l'idée me séduisait. J'aimais l'idée qu'on m'associe, moi, Reed Brennan, à telle ou telle fragrance. Il me semblait qu'une fille sophistiquée – une fille Billings – devait avoir cette qualité. Je me disais aussi que c'était le genre de chose susceptible de plaire à un garçon… à Josh Hollis, par exemple.

– Oui ! dit Ariana, que cette idée semblait enchanter. Allons voir ce qu'on a dans nos chambres.

– Comment un parfum pourrait-il être ma signature olfactive, si vous le portez aussi ? objectai-je, pour entrer dans le jeu.

– J'ai au moins dix flacons de merde que je ne mets plus, dit Noëlle en se levant. Allons-y !

J'imaginai mon parfum à moi, dérivant de « dix flacons de merde ». Très réjouissant ! Je soupirai et les suivis dehors. Malgré tout, c'était bon qu'elles soient de retour.

Normal

– Il faut qu'on fasse quelque chose de normal, déclara Josh.

Le dimanche soir, lorsqu'il s'assit près de moi à la table du dîner, il était presque redevenu lui-même. Apparemment, la police avait décidé de ne pas le harceler ce jour-là. Ses pupilles avaient repris leur taille normale, et il était aussi placide qu'un bébé lapin.

– Tu peux définir ce que tu entends par normal ? dit Kiran en abandonnant son magazine.

– On pourrait sauter en parachute du toit de la chapelle..., suggéra Gage.

J'étais à peu près sûre qu'il était sérieux.

– Impossible, objecta tranquillement Ariana.

– Pourquoi ? demanda Gage, un rien offusqué.

– Parce que tu t'empalerais sur Big Bubba avant même que ton parachute se soit ouvert, dis-je.

Natasha gloussa sans cesser de taper un texto sur son portable. Depuis son retour, c'était devenu son occupation favorite.

– J'aimerais bien voir ça…, lança-t-elle.

Big Bubba était le surnom de l'énorme chêne qui se dressait près de la chapelle. À la base de son tronc, une plaque indiquait qu'il avait été planté en souvenir de Robert Robertson, de la promotion de 1935. Plus tard, bien avant mon arrivée à Easton, l'arbre avait reçu le surnom de Big Bubba. Je devinais que Bubba était le sobriquet de Rob Robertson. Avec un nom pareil, c'est vrai qu'il vaut mieux avoir un bon surnom.

– Non : je voulais dire un truc vraiment normal, précisa Josh en rapprochant sa chaise de la table. Pas un truc où on risque de s'exploser la tête, ou de vomir dans l'assiette de son voisin…

– Hé ! Ce n'est arrivé qu'une fois ! se défendit Gage.

Noëlle et plusieurs autres éclatèrent de rire. Pas moi. Encore un *private joke*. J'avais fini par m'habituer à leurs références continuelles à un passé commun dont je ne faisais pas partie.

– Tu veux dire : normal chiant, résuma Dash.

– Normal tout court, fit Josh.

– C'est tentant, dis-je en souriant. Ça se fait rare, ces jours-ci.

Josh me regarda avec des yeux pétillants.

– Merci.

Je rosis.

– De rien.

Josh glissa une main sous la table et fit courir son index sur l'ourlet de mon jean. Je fus prise de fourmillements, puis d'une envie irrésistible de l'embrasser. L'embrasser sans être interrompue par trois types raides comme des piquets consacrant leur vie à pourrir la nôtre. Je lus dans les yeux de Josh qu'il pensait la même chose.

« Où ? Quand ? Comment ? » Ces pensées tournoyaient dans ma tête à m'en donner le vertige.

Quand je me ressaisis, je m'aperçus que Noëlle m'observait. Surprise, je me raidis, puis, voyant qu'elle insistait, je m'intéressai à mes légumes. Que me voulait-elle encore ?

– Alors ? Qu'est-ce que tu voudrais faire ? demanda finalement Dash.

– Je ne sais pas, soupira Josh. Gage, tu crois que ton père aurait de nouveaux films ?

Tout le monde sembla soudain intéressé.

– Ça fait un siècle que je n'ai pas vu un film en avant-première, dit Ariana avec mélancolie.

Lorsqu'elle était mélancolique, son accent du Sud était plus prononcé.

– Non. Ils ne circulent pas avant décembre, répondit Gage.

– Le père de Gage est « dans le métier », m'expliqua Kiran en insistant mollement sur les guillemets. Il vote aux oscars, alors il reçoit tous les nouveaux films en DVD avant leur sortie en salle. Comme ça, il peut… « les regarder » – nouveaux guillemets.

– Ah. Dommage, ç'aurait été cool, dis-je.

Je me demandai ce que le père de Gage faisait exactement dans le métier. Gage avait-il déjà rencontré des stars ? J'en doutais. Le connaissant, s'il avait été en relation avec n'importe quelle célébrité, il l'aurait mentionnée à chaque phrase.

Josh m'effleura de nouveau la jambe et une nouvelle vague de chaleur m'envahit. Je mis discrètement une main sous la table et saisis ses doigts pour l'arrêter. S'il continuait, j'allais fondre.

Au lieu de retirer sa main, Josh crocheta son petit doigt dans le mien. Je lui souris bêtement, reposai ma tête sur ma main gauche et laissai mes cheveux tomber devant mon visage pour cacher mon expression au reste de la tablée. Son sourire était au moins aussi idiot que le mien.

– Je crois qu'on ne peut rien faire de normal ici, dit Noëlle d'une voix forte.

Je sursautai et repoussai mes cheveux pour la regarder, prise de palpitations comme si j'avais été surprise en train de dormir en classe.

– Tu n'as pas de bol, Hollis, ajouta-t-elle. Ici, tout est bizarre.

Elle lui parlait, mais c'est moi qu'elle fixait.

Le cimetière de l'art

« Rdv gde salle apr dern sonn. J. », disait le texto.

C'était tout, mais ce fut suffisant pour me plonger dans une béatitude qui dura tout l'après-midi. À l'heure dite, folle d'impatience et de curiosité, je me dirigeai vers Mitchell Hall, le grand bâtiment de brique au centre du campus où s'était tenue la fête – la beuverie ? – à la mémoire de Thomas. Je jetai un coup d'œil par-dessus mon épaule avant de pousser la porte vitrée. À l'intérieur, l'air était tiède et le silence pesant.

– Josh ? murmurai-je.

Je fis quelques pas dans le couloir avant d'entendre une voix féminine s'exclamer :

– Cette collecte de fonds est l'une des plus importantes de l'année !

Des pas pressés résonnèrent sur ma droite, et mon sang ne fit qu'un tour. Je me dissimulai dans l'embrasure d'une porte. Depuis leurs cadres dorés, les directeurs d'antan me toisaient avec sévérité. Les pas se rapprochèrent.

– J'exige du houx frais et des pins Douglas ! Inutile de m'apporter ces horribles épicéas, comme l'an dernier !

Mme Lewis Hannemam, l'assistante du doyen, me dépassa en parlant dans son téléphone portable. Si elle avait tourné la tête d'un degré, elle m'aurait surprise dans un endroit où je n'avais rien à faire. J'avais vraiment l'art de me fourrer dans des situations périlleuses. À croire qu'au fond de moi, je rêvais de me faire renvoyer à Croton.

– Non… non ! C'est inacceptable ! Je croyais avoir été parfaitement claire !

Tiens… Cette femme avait plus de caractère que je ne le soupçonnais.

Elle alla ouvrir une porte au bout du couloir, et j'en profitai pour la regarder à la dérobée. Je me rappelai la remarque de Kiran, à l'enterrement de Thomas. Mme Lewis Hanneman avait effectivement une jolie silhouette – qu'elle devait sans doute à des séances quotidiennes de yogalate [1] – et de beaux cheveux blonds brillants, coiffés en chignon. Avait-elle vraiment eu une liaison avec Blake Pearson deux ans plus tôt ? Bien conservée ou pas, c'était une adulte. Les adultes ne sont pas censés coucher avec les élèves !

1. Le yogalate est un mélange de yoga et de Pilates.

Elle disparut dans la pièce et claqua la porte derrière elle. J'allais recommencer à respirer quand une autre porte s'ouvrit derrière moi. Ma surprise fut telle que mes jambes se dérobèrent sous moi. Je vacillai, comme aspirée en arrière. Quelqu'un me rattrapa dans ses bras.

– Reed Brennan ! Que faites-vous ici, jeune imprudente ? me demanda Josh en riant.

– Tu m'as fait une peur bleue ! chuchotai-je, fâchée.

Encore tout tremblante, comme si je n'avais pas complètement réalisé que j'étais hors de danger, je jetai un coup d'œil autour de moi. Nous étions dans une pièce circulaire, probablement dans l'une des tourelles situées aux quatre coins du bâtiment. Quelques lampes à abat-jour de verre diffusaient une faible lumière, et de lourds rideaux masquaient les deux hautes fenêtres. Cependant, le plus marquant, c'était la décoration de la pièce. Les murs étaient couverts de tableaux de toutes tailles et de toutes sortes : des portraits, des paysages, des tableaux abstraits, des natures mortes, cadre contre cadre.

– C'est quoi, cet endroit ? demandai-je en m'approchant d'une magnifique toile, tout en tourbillons jaunes et orange.

– C'est le cimetière de l'art, dit Josh. L'école reçoit régulièrement des dons sous la forme d'œuvres d'art, et il n'y a pas assez de place pour toutes les exposer. Alors, la plupart atterrissent ici.

– Vraiment ? Quel gâchis !

– Certains tableaux sortent de temps à autre, précisa Josh.

Il s'approcha d'un ordinateur portable posé sur une table basse, entre les deux canapés qui constituaient le seul mobilier de la pièce, et tourna l'écran vers moi.

– L'administration conserve une liste des donateurs. Comme ça, si Machinchose téléphone pour annoncer qu'il vient prendre le thé avec le doyen, on sort son Manet et on l'accroche dans le salon.

– Waouh !

Médusée, je louchai sur la liste interminable d'œuvres d'art qui défilait à l'écran.

– Et nous... Qu'est-ce qu'on fait là ?

– M. Lindstrom est un ami de ma mère, et il m'a proposé de l'aider à gérer la collection. Je mets la liste à jour, je vérifie que les tableaux sont rangés à leur place... C'est pourquoi j'ai accès à cette salle, dit-il en sortant un trousseau de clés de sa poche.

– Ça explique ta présence ici, dis-je en me tournant vers lui. Mais moi, qu'est-ce que je fais là ?

Je connaissais la réponse : elle était évidente. Ce n'était pas facile de se voir en tête à tête à Easton. Pouvoir se retrouver en cachette dans une pièce fermant à clé, c'était trop beau pour être vrai !

Josh sourit.

– J'espérais t'impressionner. Est-ce que ça t'impressionne ?

– Énormément ! Gardien du cimetière de l'art, c'est la grande classe ! plaisantai-je.

– Pas ça ! protesta Josh en tirant sur le col de mon manteau pour m'attirer à lui. Je voulais dire, le fait qu'il existe une salle ici dont nous ne sommes que deux à avoir la clé.

Avant de répondre, je passai les bras autour de son cou.

– Ah oui, ça, ça m'impressionne !

– C'est bien ce que je pensais…

Josh sourit avant de se pencher pour m'embrasser. Il posa ses mains sur mon visage et ses lèvres cherchèrent les miennes.

Nous échangeâmes des baisers debout pendant un temps infini. Puis il déboutonna lentement mon manteau Dior, que je laissai glisser à terre sans égard pour son prix exorbitant. Je me rappelai le canapé tout proche, et quand mes jambes commencèrent à me faire mal, à force de rester debout sans bouger, je pliai les genoux et entraînai Josh avec moi.

– On n'est pas obligés de faire quoi que ce soit, dit-il dans un souffle. Je voulais juste te voir…

Je me reculai pour le regarder. Ses lèvres étaient roses et gonflées, et il tremblait légèrement.

– Je sais.

À cet instant, je lui faisais confiance comme jamais je n'avais fait confiance à personne.

– On n'a qu'à voir… ce qui arrive, suggérai-je.

C'est précisément ce que nous fîmes. Et tout ce qui advint fut doux, pur et parfait.

Calomnies ?

« Que fait Josh en ce moment ? Est-ce qu'il peint ? Est-ce qu'il étudie ? Peut-être fait-il semblant de lire, assis sur son lit, alors qu'en réalité, il pense à moi… »

Je baissai les yeux sur mon livre d'histoire et souris. Je devenais complètement obsédée par ce mec, et cela ne me dérangeait même pas. Surtout que Natasha était en bas dans le salon. Je pouvais sourire béatement sans avoir à me justifier.

Je sentis affluer une vague de culpabilité et me raidis. Une image de Thomas me traversa l'esprit. Par moments, je regrettais de n'avoir pas le pouvoir de le ramener à la vie. Sincèrement ! Parfois, je m'en voulais de ne pas avoir rompu avec lui avant sa disparition. Si je l'avais fait, sortir avec Josh serait tellement plus simple. Je n'éprouverais pas cette culpabilité tenace. Je voulais juste être heureuse. C'était humain, non ?

Je sursautai lorsque la porte de ma chambre s'ouvrit.

– Tu m'as fichu une de ces trouilles, dis-je à Noëlle, une main sur la poitrine.

Elle plissa le nez :

– J'ai toujours détesté cette expression.

Je roulai les yeux, posai mon livre et m'enfonçai dans mes coussins.

– Qu'est-ce qu'il y a ?

Je me doutais qu'elle n'était pas venue sans raison.

– Rien de spécial…

Elle se dirigea vers mon bureau, prit la photo encadrée de mon frère et moi, puis la reposa ; ouvrit la boîte à bijoux en céramique où je rangeais mes quatre paires de boucles d'oreilles, puis la referma ; prit le roman que m'avait offert Natasha et le feuilleta. J'attendis patiemment qu'elle ait fini de tripoter mes affaires. De toute manière, elle n'y trouverait rien de compromettant.

– Alors, ça va avec Hollis ? lâcha-t-elle enfin.

Une agréable sensation de chaleur m'enveloppa à la seule mention de son prénom. Je ramenai les jambes sous le menton et enlaçai mes genoux. Noëlle était-elle venue pour papoter entre filles ? Après le coup de fil de Thanksgiving, plus rien ne m'étonnait.

– Comment l'as-tu appris ?

– Je sais tout. Tu ne t'en étais pas encore aperçue ?

Ce genre de déclaration me sidérait toujours. Quel aplomb ! Quel ego ! Je l'enviais.

Elle examinait à présent la collection de mes romans préférés, rangés sur l'étagère au-dessus de mon bureau. Des livres que je n'avais pas ouverts, faute de temps, depuis mon arrivée à Easton.

– Tu désapprouves ? demandai-je, un rien de défi dans la voix.

Noëlle haussa un sourcil.

– Est-ce que ça t'importe vraiment ?

« Bien sûr que ça m'importe ! Et tu le sais aussi bien que moi ! »

J'éludai la question :

– Il est génial, Noëlle ! Rien à voir avec Thomas ! En fait, j'en arrive à me demander ce que j'ai bien pu fabriquer avec Pearson.

– Tu n'es pas la seule à te poser la question.

Je décidai d'ignorer la pique.

– Josh est la gentillesse même. Il est tout l'opposé de Thomas.

– Je n'irais pas jusque-là, intervint Noëlle, impassible.

– Pardon ?

Elle soupira et vint s'asseoir près de moi. Je me sentis comme une élève de maternelle devant sa maîtresse d'école.

– Reed, il faut que je te dise un truc sur Hollis...

« Oh, non ! Quoi encore ? Pitié, faites que ce soit une bonne nouvelle... Dites-moi qu'il est l'héritier caché de la couronne britannique, que son père est le créateur de

Google… Faites que l'avertissement de Noëlle soit du genre : "Je te préviens, tu vas passer ton temps à sillonner le globe en avion et rencontrer un tas de gens passionnants. Ça risque d'être dur pour toi…" »

– Josh est à Easton parce qu'il a été renvoyé de son ancien lycée. L'an dernier, il était à Saint James, dans le New Hampshire.

– Josh ? Renvoyé ? Tu plaisantes…

– Je suis sérieuse, Reed. Et il n'a pas été viré pour un truc banal, genre une cuite monumentale, ou des notes lamentables. Il y a eu un scandale…

Je sentis le fond de ma gorge me chatouiller.

– Un scandale ?

Noëlle soupira de nouveau. Se faisait-elle violence pour me révéler ce qu'elle savait, ou ménageait-elle des pauses pour me faire mariner ? Si c'était le cas, c'était de très mauvais goût.

– Quoi ? la pressai-je.

– Son camarade de chambre est mort.

Mes poumons se dégonflèrent brusquement.

– Hein ?

– Ils ont dit que c'était un suicide, mais le doute a plané un certain temps. Les flics soupçonnaient le suicide d'être…

– D'être quoi ?

– D'être une mise en scène.

J'éclatai de rire.

– Ouais, c'est ça…

– Je ne plaisante pas, Reed. Il y a eu une longue enquête. Les flics n'ont rien pu prouver, mais ils ont soupçonné qu'en fait, le mec avait été… assassiné.

Un frisson me parcourut le dos. Ce n'était pas la situation qui me donnait la chair de poule, car j'étais certaine que Noëlle l'avait fabriquée. C'était ce mot. Ce mot affreux qui semblait me coller à la peau.

– Laisse-moi deviner, ironisai-je. Josh était un des suspects ?

Elle ne m'aurait pas comme ça. Pour qui me prenait-elle ?

– Eh bien, des rumeurs ont circulé, disant qu'il n'était pas étranger à l'affaire…

– Noëlle…

– Là-dessus, il a arrêté de prendre ses médocs, ou je ne sais quoi, et il a piqué une crise d'hystérie dans le bureau du doyen. Il a tout saccagé. C'est pour ça qu'il a été viré. Les doyens aiment l'ordre et les bureaux bien rangés.

– Ses *médocs* ?

Noëlle me regarda avec impassibilité.

– Tu ne savais pas pour les médicaments ? Ce mec est une pharmacie ambulante. Il prend de tout, depuis l'Haldol jusqu'au Stilnox. C'est même surprenant qu'il ne bave pas…

Une digue se rompit au fond de moi.

– Arrête, Noëlle ! criai-je en me levant d'un bond. Arrête !

– Reed…

– C'est une blague, n'est-ce pas ? Encore un truc pour me mettre à l'épreuve…

Je tremblais violemment. Je pressai mes mains contre mon crâne.

– Non, Reed.

– Quoi. Qu'est-ce que tu essaies de me dire ? Que Josh a tué ce mec ? C'est ça ?

Noëlle haussa les épaules.

– Je te dis seulement ce que je sais.

– Noëlle, si Josh avait tué quelqu'un, il n'aurait pas seulement été viré de son lycée. Il serait en prison. À moins que dans votre monde, on n'aille pas en taule…

– Calme-toi, Reed. Je t'ai dit qu'ils n'ont rien pu prouver…

– Je ne te crois pas ! Pourquoi tu fais ça ? criai-je. Il doit bien y avoir une raison. Tu ne veux pas que je sois heureuse ? Ça te fait du bien de me voir souffrir ? Pourquoi tu me mens ?

– Je ne te mens pas, dit Noëlle avec un calme incroyable.

– Ce ne serait pourtant pas la première fois…

Elle se leva lentement.

– Reed, je t'ai déjà dit que c'était terminé. Tu peux nous faire confiance, maintenant.

– Jamais ! crachai-je.

Ses yeux lancèrent des éclairs. Elle bouillait de colère, mais elle inspira profondément et balança ses cheveux dans son dos.

– Bon…, dit-elle, j'imagine que je l'ai mérité. Si tu ne me crois pas, fais des recherches toi-même. L'histoire a fait la une de tous les journaux. Ou pose la question à Hollis…

– Bonne idée. J'y vais de ce pas.

– Entendu, soupira-t-elle. Alors, je te laisse…

– D'accord.

Elle gagna tranquillement la porte. Juste avant de sortir, la main sur la poignée, elle se tourna pour me regarder par-dessus son épaule.

– J'essaie juste de te protéger, Reed, me dit-elle. Rien de plus.

Indiscrétions

Josh tapotait le dessus de la table avec son stylo, tout en relisant son devoir d'espagnol. Il y avait une petite tache sur le col de son maillot de rugby. Allez savoir pourquoi, je ne pouvais m'empêcher de la fixer. Tap. Tap. Tap.

J'aurais pu l'interroger tout simplement : « Depuis combien de temps es-tu à Easton ? » C'était une question innocente. Pourquoi ne pouvais-je me résoudre à la lui poser ?

Josh leva la tête. Ses pupilles étaient minuscules.

– Quoi ? demanda-t-il.

– Rien.

Je braquai les yeux sur mon livre. Peu après, il posa brutalement son journal, et je tressaillis.

– Il me faut du sucre ! déclara-t-il, presque agressif.

Il repoussa sa chaise de la table et piocha un dollar dans sa sacoche.

– Tu veux quelque chose ?

– Non, merci. Ça va.

– Je reviens, dit-il.

Il s'éloigna et disparut derrière les rayonnages. Je fixai son sac en tremblant de tout mon corps. Il me suffisait de le prendre. Il me faudrait moins de cinq secondes pour le fouiller. J'en étais capable, sans problème… si seulement je m'arrêtais de trembler.

Je regardai furtivement sur ma gauche. Les mecs de Gleck qui squattaient la table voisine avaient le nez dans leurs livres. Un vilain grincement de guitare filtrait du casque d'un iPod. Ils étaient coupés du reste du monde et ne s'intéressaient pas à moi.

J'attirai le sac à moi. Une décharge d'adrénaline me picota le bout des doigts, et je le lâchai. Je haïssais Noëlle pour m'avoir changée en boule d'angoisse. Bientôt, grâce à elle, c'était moi qui aurais besoin de neuroleptiques ! Enfin, maintenant que le doute était semé, il fallait que j'en aie le cœur net. Je regardai vers les rayonnages. Josh n'était pas en vue. Je m'armai de courage.

J'allais trouver des vitamines, point final. Il m'avait d'ailleurs dit qu'il en prenait. J'allais trouver une ordonnance de vitamines pour lycéen privilégié.

Une boule dans la gorge, les mains moites, j'ouvris le rabat de sa besace et entrepris de la fouiller. Des livres. Des cahiers. Des stylos. Un sachet de M&M's froissé, des miettes. Un pinceau durci. Rien.

Je refermai le rabat et ouvris la poche latérale. Le téléphone portable de Josh glissa sur la table, et un des mecs de Gleck leva les yeux.

– Qu'est-ce que tu fabriques ? m'interrogea-t-il.

– Je cherche un stylo.

– Tu en as déjà un...

« Occupe-toi de tes affaires, détective Ducon. »

– Je... j'ai besoin d'une autre couleur.

Il plissa les yeux, puis retourna à ses moutons.

Je faillis pleurer de soulagement. Certes, j'étais de plus en plus douée pour le mensonge, mais cette fois ce n'était pas passé loin !

J'allais remettre le téléphone en place et abandonner mes recherches, quand une boîte en plastique transparente divisée en sept petits compartiments glissa de la poche. Un compartiment pour chaque jour de la semaine !

Les oreilles bourdonnantes, j'ouvris le compartiment du jour. Il contenait cinq pilules de différentes couleurs. Si c'était la dose quotidienne de Josh, il ne l'avait pas encore prise. Mon cœur se mit à battre si fort que c'en était douloureux.

« Toutes sortes de médocs, depuis l'Haldol jusqu'au Stilnox », fit la voix de Noëlle dans ma tête.

Elle ne m'avait pas menti. Du moins, pas sur ce point. D'où la question suivante : « Avait-elle dit vrai pour le reste aussi ? »

Des preuves ?

Je retournai à Billings en quatrième vitesse, comme si j'avais le diable aux trousses. Je venais de consulter le Vidal à la bibliothèque, afin d'identifier les médicaments que j'avais trouvés dans les affaires de Josh. Soit dit en passant, c'était étrange que ce dictionnaire des médicaments se trouve à la bibliothèque du lycée. Je n'en connaissais l'existence que parce que c'était le livre de chevet de ma mère. Sa bible.

Apparemment, Josh prenait des médicaments contre la dépression, l'anxiété, l'insomnie et les sautes d'humeur. Maintenant que je le savais, cela me paraissait évident. Cela expliquait tant de choses, notamment son étrange comportement depuis la mort de Thomas. Son absence de réaction, passé le premier moment de stupeur. Josh n'avait pas versé une larme, n'avait éprouvé aucun chagrin. Rien. Comme si cette tragédie le laissait insensible.

Quelques semaines plus tard, en revanche, il était apparu métamorphosé. Il était devenu plus émotif, lunatique. Je me rappelai la violence de sa réaction lorsque j'avais oublié notre escapade à Boston. Son excitation au moment de Thanksgiving. Je l'avais cru tendu à la perspective de se retrouver seul avec moi, mais je me trompais. Ses pupilles dilatées, ses angoisses, ses sautes d'humeur, son perpétuel besoin de sucre... Tout cela aurait dû me mettre la puce à l'oreille. Son traitement avait-il cessé de lui faire de l'effet ? Avait-il oublié de prendre ses cachets ? Qui sait...

En y réfléchissant bien, tous les indices concordaient. Je n'avais jamais vu Josh boire plus d'une demi-bière. Il était le seul à être resté sobre à l'Héritage. Et la pique que Gage lui avait envoyée, l'autre jour ? « Chez moi, au moins, ce n'est pas pathologique. » Tout le monde était au courant. Tout le monde, sauf moi, comme d'habitude.

Les murs de la maison Billings tremblèrent lorsque je claquai ma porte. Natasha leva les yeux de son bureau et regarda le plafond, craignant sans doute de le voir s'effondrer.

– Reed ! Que se passe-t-il ?

– Je peux utiliser ton ordinateur ?

Je jetai mes affaires en vrac par terre près de mon lit : mon sac, mon manteau neuf... Je devais avoir l'air hagard, car Natasha quitta son siège sans un mot. La poche de son sweat se prit dans le bras du fauteuil, et elle se libéra à la hâte.

– Que se passe-t-il ? m'interrogea-t-elle.

Je m'assis et double-cliquai sur l'icône de Google. Pour quelqu'un qui était en pleine crise de panique, je faisais preuve d'un sang-froid étonnant. Je m'étonnais de ma clarté d'esprit. Lorsque la fenêtre s'ouvrit, je tapai « Joshua Hollis » et lançai la recherche.

– Qu'est-ce que tu fabriques ? s'impatienta Natasha. Tu googlises Josh ?

– Qu'est-ce que tu sais de lui ?

– Pas grand-chose. Juste que ses parents sont des philanthropes renommés. Ils aident tout le monde, depuis les sans-abri jusqu'aux victimes du sida en Afrique. Pourquoi ?

Les résultats s'affichèrent. Il y avait des milliers d'entrées. Je tapai de nouveaux mots clés : « Suicide + académie Saint James ».

– Ah, soupira Natasha. Tu veux savoir ce que je sais, ou ce que dit la rumeur ?

Son ton désapprobateur aurait mérité d'être breveté. Il était reconnaissable entre tous, même dans un filet de voix. C'était donc vrai ! Elle aussi avait entendu parler du passé de Josh. Je la regardai par-dessus mon épaule. Elle avait croisé les bras et me regardait avec un air affreusement déçu. Cette fille avait l'étoffe d'une mère de famille... ou d'un sergent instructeur ! J'allais tenter de me justifier quand elle regarda l'écran de l'ordinateur et cligna des yeux. Sa bouche s'entrouvrit. Ma gorge se noua. Tout était là, sous forme de gros titres.

« Un élève de Saint James impliqué dans le suicide de son camarade. »

« Scandale à l'académie Saint James : suicide ou meurtre ? »

« Saint James : la police regrette l'absence de preuves pour requalifier un suicide en assassinat. »

– Oh, mon Dieu !

J'avais l'impression d'avoir reçu un coup de poing dans le ventre. Natasha alla chercher ma chaise et la tira jusqu'à son bureau. Elle me poussa et prit les commandes de la souris. C'était aussi bien, car mes fonctions motrices étaient sérieusement diminuées.

Elle ouvrit un premier article, que nous déchiffrâmes ensemble. On y apprenait qu'un élève de seconde du nom de Connor Marklin était mort d'une overdose. Toutefois, ses bras couverts de bleus indiquaient qu'il avait lutté. On évoquait une querelle avec son camarade de chambre, un mineur dont le nom n'était pas cité. La police, qui n'écartait pas la thèse criminelle, interrogeait le jeune homme et ses parents.

Dans l'article suivant : « Le mot d'adieu laissé par le jeune homme décédé a été authentifié. Ses parents abandonnent les poursuites… Nous vous demandons de respecter l'intimité de la famille dans ces circonstances pénibles… L'affaire est classée. »

Je me renversai sur mon siège. J'avais l'impression

qu'on m'avait coulé du plomb dans les veines. Je n'aurais pas pu bouger d'un millimètre, même si je l'avais voulu.

– Tout ce qu'elle a dit était vrai, murmurai-je.

– Tout ce qu'a dit qui ? s'enquit Natasha.

– Noëlle.

– Alors, ça, ce serait une première.

– Et s'il était coupable, Natasha ? lâchai-je précipitamment. Et s'il avait tué ce mec ?

– Premièrement, objecta-t-elle, le nom de Josh n'apparaît nulle part dans ces articles.

– C'est normal : il est mineur.

– Voyons, Reed. Tu crois vraiment Josh Hollis capable d'une chose pareille ? Tu le connais...

– Je croyais le connaître. Mais visiblement...

Soudain, des bribes de conversations me revinrent. Je me rappelai Josh me disant que Thomas ne m'appréciait pas à ma juste valeur. Que Thomas ne se souciait pas des sentiments des autres. Avait-il essayé depuis le début de ternir son image, pour que je me mette à le détester ? Afin de passer, lui, le mec attentionné et prévenant, pour un ange en comparaison ? Je le revis me fusiller du regard, le soir où j'avais flirté avec Walt Whittaker, dans les bois... J'avais cru qu'il était furieux que je trahisse son ami. À présent, je me demandais... Josh ne craquait-il pas sur moi depuis toujours ? Ne m'avait-il pas manipulée, tout ce temps ?

– Il a dénoncé Rick, dis-je.

– Quoi ?

– Le mec louche, là… le dealer… c'est Josh qui l'a dénoncé. C'est lui qui a dit aux flics que Thomas dealait de la drogue.

Je réfléchissais à voix haute.

– Natasha… Imagine qu'il n'ait fait cela que pour détourner les soupçons de lui…

– Josh Hollis n'a pas tué Thomas Pearson, décréta Natasha.

– Comment le sais-tu ? La police l'a interrogé tout le week-end. Et il s'est mis dans un état pas croyable quand les flics ont relâché Rick.

– Ce n'est pas lui qui voulait le lyncher, fit-elle remarquer.

– Je ne comprends pas pourquoi tu le défends, lançai-je sèchement.

– Parce que si tu as raison, cela signifie qu'on prend tous nos repas avec un assassin ! Matin, midi et soir ! Voilà pourquoi ! cria Natasha.

Ses mots restèrent suspendus en l'air. Il me sembla soudain que les murs nous écoutaient. S'amusaient de notre paranoïa.

– Tu as raison, dis-je en me frottant le visage. Tu as raison, c'est impossible. On ne doit pas oublier que c'est de Josh qu'on parle…

– Ces articles ne prouvent rien, répéta Natasha. Rien, hormis qu'il s'est passé quelque chose d'affreux à Saint James. Peut-être que Josh ne connaissait même pas ce mec. Il n'y a pas de nom. Pourquoi voudrais-tu que ce soit lui ?

Je me sentis soudain rassérénée.

– C'est vrai, dis-je en me tournant vers la porte.

– Où vas-tu ?

Je fonçai dans le couloir, Natasha sur les talons.

– Quelqu'un me doit des explications !

Noëlle était à son bureau quand nous entrâmes sans frapper dans la chambre qu'elle partageait avec Ariana. Elle avait une enveloppe marron dans les mains. Elle se figea et jeta un coup d'œil à Ariana, qui jouait avec la dentelle d'un oreiller.

– Reed ! dit Noëlle. Je venais justement te…

– Admettons, la coupai-je. Un certain Connor est mort à Saint James l'an dernier. Mais ça ne prouve absolument rien. Si Josh était impliqué, pourquoi ne me l'as-tu pas dit avant ? Tu as bien dû avoir des soupçons, non ? Avec la mort de Thomas ? Pourquoi ne m'en as-tu pas parlé avant ?

– Reed, calme-toi, dit Ariana.

– Ne me dites pas ce que je dois faire ! criai-je. Dites-moi la vérité !

Noëlle me fixait sans rien dire ; seules ses narines remuaient lorsqu'elle respirait. Lorsqu'elle prit la parole, son visage resta impassible.

– Si on t'avait fait asseoir le jour de ton arrivée à Billings pour t'informer de tous les scandales impliquant des élèves du lycée, on y serait encore, dit-elle entre ses dents. On ne te l'a pas dit parce qu'on n'y attachait aucune importance. Jusqu'à maintenant. Jusqu'à ce que tu nous y obliges, en sortant avec un psychopathe.

– Ce n'est pas un psychopathe, répliquai-je machinalement.

– Je me doutais que tu ne me croirais pas, dit-elle froidement. Vu la façon dont tu m'as reçue tout à l'heure...

Elle battit des cils et me considéra avec un air moqueur. J'eus la nette impression d'avoir dégringolé dans son estime. Retour à la case départ.

– Alors, je t'ai trouvé ceci...

Elle brandit l'enveloppe marron. Elle était épaisse et son rabat était ouvert.

– Qu'est-ce que c'est ? demandai-je, trop pétrifiée pour bouger.

– Ouvre-le. Tu comprendras vite.

Je regardai Natasha du coin de l'œil. Elle haussa les épaules, perplexe. Je pris l'enveloppe et sortis le document d'une quarantaine de pages qu'elle contenait. Les armoiries d'Easton figuraient en haut de la première page, ainsi que le nom de Josh, sa date de naissance et les mots suivants : « Dr David Schwartz. Résultats d'évaluation psychiatrique. Statut : approuvé. »

Mes mains furent prises de tremblements.

– Tout le monde n'a pas à subir une évaluation psychiatrique avant d'être admis à Easton, dit Noëlle. Il faut vraiment être… un cas à part.

Natasha s'approcha pour lire par-dessus mon épaule. Le regard trouble, je m'efforçai de déchiffrer la première page. Les paragraphes étaient interminables, et rédigés dans un jargon incompréhensible ; cependant, plusieurs phrases me sautèrent aux yeux :

« Semble avoir accepté la mort de son camarade Connor Marklin… Devient agressif et se braque quand on lui demande de parler du suicide de Connor, et de ce qu'il a ressenti en découvrant son corps inanimé dans leur chambre. Refuse d'évoquer les interrogatoires auxquels la police l'a soumis. S'énerve et devient violent quand on lui demande s'il est responsable du décès de Connor Marklin… »

Je déglutis péniblement et m'assis sans y penser. Je n'en croyais pas mes yeux. Engourdie, je feuilletai encore quelques pages et m'arrêtai sur une entrée datée du début août.

« Répond bien au nouveau traitement… Sautes d'humeur maîtrisées… Exprime une joie sincère à la perspective d'entrer à Easton et de partager sa chambre avec son ami Thomas Pearson… »

– Ce n'est pas vrai !

Le document m'échappa des mains.

– Où as-tu dégotté ça ? demanda Natasha en se baissant pour le récupérer.

Elle le rangea dans son enveloppe et le tint à deux mains.

– Il semble que le secret médical ne s'applique pas à tout le monde, dit Noëlle. Je parie que les flics connaissent ce truc par cœur...

– On veut juste que tu sois prudente, Reed, dit Ariana d'une voix suave. Ce n'est pas seulement une rumeur. Ce sont des faits avérés.

Je levai les yeux vers elles. Je tremblais violemment. Elles étaient toutes les trois au-dessus de moi et me regardaient, préoccupées, comme si c'était moi la malade mentale. Mon cerveau refusait encore d'accepter ce que je venais de lire. J'avais l'impression qu'il s'était liquéfié dans mon crâne pour m'empêcher de traiter l'information.

– Le seul fait avéré, pour moi, c'est que Josh Hollis n'a pas de chance, tranchai-je.

– Reed...

– Non ! J'en ai assez entendu, dis-je en me levant. Je ne vais pas passer la nuit à écouter vos horreurs.

Je serrai les poings, et ajoutai :

– Je ne vous laisserai pas faire !

– Et les médicaments ? dit Noëlle. Comment expliques-tu les médicaments ?

– Il est dépressif, et alors ? Il n'y a pas de quoi faire les gros titres des journaux. Je connais un paquet de gens qui prennent de la Ritaline ou du Prozac.

– Oui, mais il t'a menti sur ce sujet, souligna Ariana. Pourquoi, à ton avis ?

– Si tu prenais ce genre de médocs, est-ce que tu le crierais sur les toits ? rétorquai-je, un rien agressive.

– Certainement pas, dit Natasha.

Noëlle et Ariana se turent, et cela me redonna un peu d'assurance. Ma logique se tenait. Enfin, ce n'était pas suffisant...

Je pivotai sur mes talons et quittai la pièce.

– Où vas-tu ? cria Noëlle dans mon dos. Reviens ! Il faut qu'on en discute.

Au prix d'un effort de volonté surhumain, je continuai sur ma lancée.

Méfiance

J'avais besoin de l'entendre de la bouche de Josh. J'avais besoin qu'il me raconte ce qui lui était arrivé l'année passée. S'il ne me le disait pas lui-même, je me poserais éternellement la question, et je ne pourrais pas vivre avec cette incertitude.

J'entrai dans la chambre et récupérai mon téléphone portable dans mon sac.

– Qu'est-ce que tu fais ? me demanda Natasha en refermant derrière nous.

– Je l'appelle.

Mes paumes étaient moites et j'avais du mal à respirer. Je coinçai ma main gauche sous mon aisselle droite pour l'empêcher de trembler.

– Salut, Reed !

Sa voix m'emplit, comme toujours, d'une douce chaleur, même si les mots terribles que j'avais lus flottaient encore dans mon esprit.

– Il faut que je te parle, dis-je avec fermeté.

– Ça va ?

– Oui, ça va. Je voudrais juste te parler. De visu.

Un moment de silence, puis :

– On n'est pas censés sortir à cette heure-là.

– Retrouvons-nous quelque part.

Natasha écarquilla les yeux. Je lui tournai le dos.

– Que se passe-t-il, Reed ? insista Josh.

– Je te le dirai bientôt. Où peut-on se voir ? C'est important.

– D'accord. Rendez-vous au cimetière de l'art. J'y serai dans un quart d'heure.

Il raccrocha sans me laisser le temps de répondre.

Je balançai mon téléphone sur mon lit, pris mon manteau et mon écharpe. J'étais en nage et la nuit était glaciale. J'étais pressée d'éclaircir cette histoire. Avec un peu de chance, le lendemain, tout serait réglé et les choses reprendraient leur cours normal... même si la « normalité » à Easton était une notion toute relative.

– Tu es sûre de ce que tu fais ? me demanda Natasha.

Je consultai ma montre et boutonnai le dernier bouton de mon manteau.

« Non, pensai-je. Je n'en suis pas si sûre. Mais ai-je vraiment le choix ? »

– Oui. Je... À plus !

Natasha soupira et je sortis dans le couloir.

J'aurais dû me soucier de ne pas me faire surprendre par notre surveillante. En réalité, je savais que Mme Lattimer était prête à fermer les yeux sur nos allées et venues, pourvu qu'on la paye assez cher. Je n'en avais pas les moyens, bien sûr, mais je connaissais plein de gens qui le feraient pour moi, par réflexe. C'était nous contre elle, et on gagnait toujours.

J'étais presque arrivée à la porte d'entrée. Il fallait que je réfléchisse à ce que j'allais dire à Josh. Comment aborder le sujet ? Comment demande-t-on à quelqu'un pourquoi il vous a menti, lorsqu'on a dû fouiller dans ses affaires pour s'en apercevoir ? C'était délicat…

– Reed.

Je me pétrifiai en reconnaissant la voix de Noëlle.

– Où vas-tu ? me demanda-t-elle.

Je fis volte-face. Elle était sur la dernière marche de l'escalier. Je ne l'avais même pas entendue arriver.

– Je vais retrouver Josh.

Ses yeux sombres se firent perçants.

– Tu crois vraiment que c'est une bonne idée ?

Elle était trop sereine. Quel était son secret ?

– Tu te trompes, Noëlle, dis-je, en essayant d'avoir l'air sûre de moi. Josh ne ferait pas de mal à une mouche.

– Si c'est ce que tu crois, pourquoi vas-tu le retrouver ? Qu'est-ce que tu espères ?

– Je… je veux juste éclaircir les choses. Je veux en être…

Je m'arrêtai. Un sourire narquois se dessina sur les lèvres charnues de Noëlle.

– Tu veux en être sûre. Preuve que tu ne l'es pas. Tu n'es pas sûre que ce mec n'est pas un serial killer, et tu sors le retrouver en pleine nuit. Seule.

Je sentais mon sang battre dans mes tempes, et je me mis à la haïr. Cette fille n'avait pas son pareil pour semer le doute dans mon esprit, à croire que c'était son passe-temps favori. J'ignorais pourquoi elle s'acharnait à me persuader que Josh était un dangereux psychopathe, mais c'était clairement son but. Cette fois, je ne tomberais pas dans le panneau.

– J'en suis sûre ! dis-je.

– Je n'apprécie pas vraiment, Reed. Je prends des risques pour te trouver des documents, pour te prouver que je ne te mens pas – ce que je n'aurais jamais dû avoir à faire, soit dit en passant –, et voilà comment tu me remercies…

Elle croisa les bras et me regarda de haut.

– Tu ne vas pas y aller.

Je tirai mon bonnet sur mes oreilles.

– Tu crois ?

Là-dessus, je fis demi-tour, poussai la porte et sortis dans le froid.

Piégée

Je fis quelques pas dans le couloir silencieux de Mitchell Hall et m'arrêtai. La lumière de minuscules spots encastrés dans le plafond éclairait les directeurs fantômes. J'avais l'impression d'être dans un mausolée. Pour la première fois depuis que j'étais sortie de Billings, j'envisageai de rebrousser chemin.

– Reed.

La voix de Josh résonnait entre les murs. Il était partout et nulle part à la fois.

– Josh ?

Mon cœur cognait dans ma poitrine. Pourquoi se cachait-il ? Le battement du sang dans mes oreilles m'assourdissait. Comment avais-je pu venir ici sans dire à personne où j'allais ? Avais-je perdu la tête ? Je n'avais pas réfléchi, dopée par l'adrénaline. Et maintenant, j'étais là. Seule.

– Josh, où es-tu ?

La peur qui filtrait dans ma voix fit son effet sur Josh. Il se montra tout au fond du couloir, dans l'encadrement de la porte du cimetière de l'art.

– Salut, lui lançai-je.

Josh resta impassible.

« Rentre te coucher, me cria une petite voix intérieure. Sauve-toi de là pendant qu'il en est encore temps. »

– Tu peux me dire ce qu'on fait là, Reed ? m'interrogea-t-il.

« Si seulement je le savais… »

– Je… J'avais besoin de te parler.

– Alors, approche et parlons, dit-il.

J'hésitai. Une bonne vingtaine de mètres nous séparait. Son visage était dans l'ombre.

– Viens par ici, qu'est-ce que tu attends ? Tu hésites à cause de ce que tu as trouvé dans mon sac, cet après-midi ?

Ce fut comme s'il m'avait envoyé une décharge électrique.

– Comment as-tu…

– C'est Lucas qui me l'a dit.

Josh s'avança lentement vers moi. Ses pas étaient silencieux.

Lucas ? Ah, le mec de Gleck. Il m'avait vendue !

– Les mecs parlent entre eux, tu sais.

Je commençais à comprendre la raison de son étrange comportement. Josh savait que j'avais fouillé dans son sac. Il était furieux.

Il s'approcha de moi, serrant et desserrant les poings, et ma gorge se noua.

– Pourquoi ne me l'as-tu pas dit ? demandai-je, obnubilée par ses mains.

– Dit quoi ? s'esclaffa Josh. Que je prends cinq régulateurs de l'humeur différents ? Que si je ne les prenais pas, je ne serais pas celui que... celui que tu connais et que tu apprécies ? Pourquoi te dirais-je ça ? Pour que tu me prennes pour un taré ?

Je le dévisageai. Qui serait-il sans ses médicaments ? Cela avait-il de l'importance ?

– Tu m'aimes bien, n'est-ce pas, Reed ? demanda-t-il.

Il était assez proche pour que je voie ses yeux, et ils étaient pleins d'espoir.

– Tu sais que oui.

– Alors, quoi ?

Il tendit la main pour prendre la mienne.

Je tressaillis et ce fut comme si je lui avais planté un poignard dans le dos. Je me sentis à la fois triste, désolée et coupable.

– Qu'est-ce qu'il y a, Reed ?

Voilà. Le moment de vérité.

– Pourquoi es-tu à Easton, Josh ? dis-je calmement.

Son visage se transforma radicalement. Ses traits s'affaissèrent et ses yeux se voilèrent. Pendant un long, très long moment, il me regarda fixement, comme si je l'avais trahi. Puis il se détourna de moi et s'enfonça de nouveau dans l'obscurité.

– Comment l'as-tu découvert ?

Je repris mon souffle et mes poumons me brûlèrent.

– Peu importe. J'ai juste besoin de savoir. Que s'est-il passé l'an dernier ?

Josh me tourna le dos et pressa ses paumes sur ses yeux. Il poussa un grognement sourd qui résonna, effrayant, dans le couloir silencieux. Je tressaillis, mais ne bronchai pas.

– Mon camarade de chambre est mort, voilà, dit-il en tournant son visage pour me montrer son profil. Il s'est suicidé, et c'est moi qui l'ai trouvé. Ça m'a fait flipper, et j'ai piqué une crise.

– Tu as piqué une crise, répétai-je.

– Oui ! cria-t-il.

Je sursautai. Il fit brusquement volte-face et s'avança vers moi.

– Bien sûr que j'ai piqué une crise. J'aurais voulu t'y voir ! Tu vis avec un type pendant un an et demi, tu crois le connaître. Tu penses que s'il était déprimé, il se confierait à toi. Mais non ! Il se pavane comme s'il était le roi des bois, comme si tout allait super-bien pour lui, et un jour, tu rentres de cours de biologie et tu le trouves, les yeux grands ouverts, allongé dans une flaque de bave et de sang, parce qu'il s'est explosé la tête en tombant !

Josh fit un pas de plus vers moi. Il était comme halluciné. Ses yeux étaient hagards. Je restai immobile.

– Mais tu ne me crois pas, n'est-ce pas ? dit-il en grimaçant d'indignation.

Il fit un autre pas ; cette fois, je reculai.

– Tu crois que je ne sais pas ce que tu penses ? Tu crois que je ne sais pas pourquoi on est là ?

À mesure qu'il parlait, sa voix s'élevait, devenait plus tendue. Il approchait toujours. J'avais désormais assez peur pour vouloir m'enfuir, mais il s'était placé entre la porte et moi.

– Josh... calme-toi.

Je voulais retrouver le Josh que je connaissais.

– Pourquoi devrais-je me calmer ? lâcha-t-il. Je ne suis pas un idiot, Reed.

– Alors, dis-moi ce que je pense, demandai-je pour gagner du temps.

Je me demandais comment lui fausser compagnie. Essaierait-il de m'intercepter si je tentais une sortie ?

– Tu penses : « Ce type prend des médocs pour les dingues, et il se retrouve avec deux morts sur les bras en deux ans, qui ont peut-être tous les deux été assassinés... » Tu penses que je suis un assassin !

Il avait aboyé ce dernier mot, me faisant sursauter. Il me regarda, le visage de marbre.

– Tu as peur de moi. De moi ! Putain, comment une chose pareille a-t-elle pu arriver ?

Josh se couvrit de nouveau les yeux et inspira en tremblant.

– Je suis désolé ! Je suis désolé d'avoir crié après toi.

Sa voix était devenue implorante.

– C'est vrai que ça fait beaucoup, mais je pensais... Je pensais que tu me faisais confiance. J'avais prévu de te parler de ce qui s'est passé l'an dernier. Je voulais le faire à Boston. Je savais que Lynn en parlerait, et je m'étais dit que ce serait l'occasion pour tout te raconter... mais tu n'es pas venue, et... et quand tu m'as appelé, j'ai eu tellement peur que tu ne me fasses plus confiance et... et j'avais raison.

J'inspirai à fond et ma tension se relâcha un peu. Le gros de la crise semblait passé.

– Je peux te demander quelque chose ?

Josh baissa les bras.

– Quoi ?

– Est-ce que tu as pris tes médicaments ? Tu les as pris aujourd'hui ?

Il renifla, outré.

– Non. Ça fait un moment que je ne les ai pas pris.

Je ravalai une énorme boule dans ma gorge.

– Pourquoi ?

– J'en avais marre d'être anesthésié, dit-il en me présentant ses paumes. Mon meilleur ami est mort assassiné, et c'est à peine si j'ai éprouvé quelque chose. C'est horrible de ne pas pouvoir être bouleversé par la mort de son meilleur pote.

À cet instant, même si je tremblais encore de sa diatribe, je compatissais. Je ne pouvais pas comprendre ce qu'il ressentait. Ce que c'était de n'avoir aucun contrôle sur ses sentiments. J'avais envie de le serrer dans mes bras. Il semblait si désespéré.

– Il fallait que je ressente quelque chose, dit-il tranquillement.

Il y eut un long silence, pendant lequel je me rappelai combien j'aurais souhaité ne rien sentir, ces dernières semaines.

– On devrait peut-être rentrer, dis-je finalement.

– Non. On ne rentre pas, dit-il.

Il était calme à présent. Parfaitement calme. Ces brusques changements d'humeur étaient presque plus inquiétants que le reste.

– Je ne partirai pas d'ici tant que tu ne me croiras pas.

– Josh...

– Thomas était mon meilleur ami dans ce putain de bahut, dit-il en me regardant droit dans les yeux.

Il avait le regard clair. Intense. À chaque mot, il s'avançait d'un pas vers moi.

– On était des copains d'enfance. C'est grâce à lui que j'ai été accepté à Easton après ce qui s'est passé à Saint James. Je lui devais tout. Il avait ses défauts, mais jamais, jamais je ne lui aurais fait de mal.

Josh parlait la mâchoire serrée. Chaque mot sortait plus mordant. Plus violent.

– Mais tu ne me crois pas, n'est-ce pas ? me demanda-t-il sans cesser d'avancer.

Je reculai vers le mur.

– Pourquoi ne me crois-tu pas ? Reed ? Dis-le-moi ! Pourquoi ne me crois-tu pas ?

– Josh, s'il te plaît…

Je pressai le dos contre le mur. Josh flottait au-dessus de moi.

– Dis-le-moi. Pourquoi ?

– C'est… C'est juste que… Noëlle m'a dit…

– Noëlle !

Josh se mit à rire par saccades, un petit rire inquiétant.

– Noëlle t'a dit… Bien sûr ! Nous sommes tous les pantins de Noëlle, n'est-ce pas ?

Il rit, levant la main et remuant les doigts pour appuyer son propos.

– D'abord, elle me conseille de dénoncer Rick, et qu'est-ce que je fais ? Je dénonce Rick ! Ça ne marche pas ? Elle décide de faire croire à tout le monde que je suis un tueur en série ! Et toi, évidemment, tu tombes dans le panneau ! On est vraiment tous de braves petites marionnettes !

Mon cœur tambourina douloureusement dans ma poitrine. Josh avait perdu la tête. Complètement perdu la tête.

– Eh bien, c'est fini ! cria-t-il en fondant sur moi.

Il claqua sa main sur le mur au-dessus de ma tête et me força à m'accroupir.

– Sans moi ! Je ne la laisserai plus me manipuler !

– Josh, s'il te plaît. Tu me fais peur, gémis-je.

Son visage changea instantanément. C'était comme s'il me voyait enfin.

– Oh, Reed ! Je suis désolé. Je...

À cet instant, je fus aveuglée. Une vive lumière blanche me frappa dans les yeux et je projetai les mains en avant, tandis que des larmes de douleur ruisselaient sur mes joues.

– Josh Hollis ! C'est la police ! cria une voix autoritaire. Éloignez-vous de la fille.

La porte vitrée derrière Josh grinça. Je me forçai à rouvrir les yeux. Josh avait levé les bras pour s'abriter le visage. Je ne voyais plus que sa silhouette se découper dans la lumière des projecteurs.

– Quoi ? dit-il.

– Éloignez-vous de la fille ! répéta la voix.

Josh me regarda, déconcerté, et recula. Aussitôt, trois policiers entrèrent au pas de course depuis les angles et convergèrent vers lui. Un autre me releva et me demanda si j'allais bien. Plusieurs fois.

– Ouais... ouais, dis-je. Qu'est-ce que...

– Josh Hollis, vous êtes en état d'arrestation.

– Quoi ?! lâchai-je.

Josh resta parfaitement immobile, tandis qu'un homme âgé lui passait des menottes. L'inspecteur Hauer était là, et il regardait la scène avec un air sinistre.

– Pour quoi ? demanda Josh.

Le policier lui prit les bras et le poussa en avant.

– Pour le meurtre de Thomas Pearson.

Refus

– Que se passe-t-il ? demandai-je d'une voix stridente.

J'étais hors de moi.

– Pourquoi l'arrêtez-vous ? Il ne m'a pas fait de mal ! Il a juste besoin d'aide !

– Reed, je vous en prie, calmez-vous, me dit l'inspecteur Hauer.

– Nous devrions la faire sortir de là. L'emmener dans un des petits salons.

C'était une suggestion du doyen Marcus. J'avais commis une infraction de trop. Il allait me renvoyer. Je n'en doutais pas une seconde, mais cela m'était égal. La seule chose qui m'importait, c'était qu'ils emmenaient Josh. Josh, dont le visage s'était complètement fermé. Josh, qui ne m'avait même pas regardée quand ils l'avaient poussé devant nous sans ménagement.

– Josh...

– Je vous conseille de ne pas essayer de lui parler pour l'instant, dit l'inspecteur Hauer.

– Allez vous faire foutre !

– Mademoiselle Brennan ! gronda le doyen.

« Désolée, c'est sorti tout seul. Je suis de Pétaouchnok, Pennsylvanie, au cas où vous l'auriez oublié ! Je ne suis pas assez bien éduquée pour maîtriser mon langage alors qu'on arrête mon nouveau petit ami en l'accusant d'avoir tué mon ex. »

L'inspecteur me tira en arrière et je fixai les plis de son manteau pendant que plusieurs fonctionnaires de police faisaient sortir Josh dans le froid. Deux autres examinaient le sol avec leurs lampes torches, cherchant je ne sais quoi.

– Que faisiez-vous là, tous les deux, Reed ? me demanda l'inspecteur.

Je le regardai droit dans les yeux, outrée.

– Vous n'avez pas le droit de me poser de questions. Vous m'aviez promis de me tenir informée de l'enquête. Vous me l'aviez promis ! Maintenant, je veux une réponse : pourquoi arrêtez-vous Josh ? Avez-vous trouvé quelque chose ? Je ne comprends pas.

L'inspecteur secoua la tête et se détourna de moi.

– Il faut d'abord vous calmer.

– Pas question !

Je saisis la manche de son sempiternel trench-coat. Il considéra ma main avec surprise, et me lança un regard qui disait « vous voulez vraiment faire ça ? ». Je ne lâchai pas prise.

– Dites-le-moi.

– Mademoiselle Brennan…, fit le doyen.

C'étaient les deux seuls mots qu'il était capable de prononcer.

L'inspecteur détacha doucement mes doigts de son bras. Il me lâcha la main et je croisai les bras, levant le menton. Ils n'avaient rien. Je le savais. J'en étais sûre.

– Nous avons trouvé l'arme du crime, Reed, me dit-il tranquillement.

Je serrai la mâchoire. J'étais au bord de l'évanouissement.

– De quoi s'agit-il ? demandai-je d'une voix forte.

– C'est une batte de base-ball.

Je clignai des yeux et ma vue se troubla. Une batte de base-ball. La violence que cela impliquait était trop insoutenable.

– La batte de base-ball de Josh Hollis. Avec ses empreintes digitales, et seulement les siennes.

Une grosse larme s'échappa, culbuta sur mon menton et atterrit sur ma manche.

– Je suis désolé, Reed, dit l'inspecteur Hauer. Vous ne pouvez pas savoir à quel point je suis désolé.

Qui est le fou ?

Le doyen me raccompagna à Billings. Noëlle, Ariana et Kiran m'attendaient devant le dortoir, emmitouflées dans leurs manteaux. Je ne fus même pas soulagée de les voir. J'étais comme anesthésiée et j'avais l'impression que je n'éprouverais plus jamais rien.

– Je veux vous voir demain dans mon bureau, me dit le doyen avant de se retirer.

Et voilà... Demain, je serais renvoyée. Demain, je quitterais cet enfer pour retrouver mon bon vieux cauchemar d'antan.

– Reed.

Ariana s'approcha de moi et m'enlaça. Je restai immobile. Je n'essayai même pas de lui rendre son étreinte. Elle ne parut pas le remarquer. Puis elle me lâcha, saisit mes bras à deux mains et me regarda dans les yeux.

– Est-ce que ça va ?

Je regardai derrière elle Noëlle et Kiran. Je les dépassai, hébétée.

– Je suis désolée, Reed.

Je m'arrêtai net. Avais-je rêvé, ou Noëlle venait-elle de s'excuser ? Je me tournai lentement vers elle.

– C'est moi qui ai alerté la police, ajouta-t-elle. Je ne pouvais pas te laisser seule dans Mitchell Hall avec ce psychopathe.

Je ne lui demandai pas comment elle avait deviné où nous étions. Elle m'avait assez souvent répété qu'elle savait tout.

– Ne l'appelle pas comme ça ! dis-je.

– Reed, c'est vraiment un malade mental, me dit Kiran. Quand Noëlle a appelé les flics, ils étaient déjà à sa recherche. Ils avaient trouvé l'arme du crime. S'ils n'étaient pas arrivés à temps...

– Tais-toi, dis-je d'une voix sans timbre.

– Reed, je viens de te sauver la vie, insista Noëlle.

Je levai la tête et croisai ses yeux noirs. Elle était vraiment convaincue d'avoir raison. Elle pensait sincèrement que Josh m'aurait tuée si elle n'avait pas passé ce coup de fil. Avait-elle raison ? Était-ce Josh le fou, ici ? Ou était-ce Noëlle qui était en plein délire ? Assez folle pour se persuader de sa propre innocence ? Pour se convaincre qu'elle se souciait des gens ? Qu'elle ne méritait aucun reproche ?

Je regardai ensuite Ariana, avec ses yeux froids, d'un bleu glacé. Puis Kiran, avec son regard moralisateur. C'était mes amies. Je les avais choisies. Elles aussi m'avaient choisie.

– Je te l'ai dit, Reed, reprit Noëlle en s'avançant.

Elle tendit la main et glissa une mèche de cheveux derrière mon oreille.

– Je voulais juste te protéger.

– Je sais. Merci. Je ne sais pas ce qui serait arrivé si tu n'avais pas passé ce coup de fil.

C'était ce qu'elles voulaient entendre. C'était le seul moyen de me débarrasser d'elles.

Noëlle sourit enfin. Mission accomplie !

– De rien.

– Je vais me coucher maintenant.

Ma main était sur la poignée de la porte d'entrée quand Noëlle reprit la parole.

– Je serai toujours là pour toi, Reed. On sera toutes là. On ne te laissera pas.

Le vent souffla dans les arbres et un frisson me parcourut le dos.

– Jamais.

Jamais

Natasha n'était pas, comme je l'avais prévu, en train de m'attendre dans notre chambre, folle d'inquiétude. Elle était probablement sur le toit en train de téléphoner à Leanne, pour lui raconter ce qui s'était passé. Tant mieux ! J'avais besoin de solitude. Les lumières étaient toutes éteintes, mais l'écran de son ordinateur scintillait, diffusant une lumière bleue sinistre. Je m'assis au bord de mon lit et regardai dans le vide.

Une batte de base-ball. Les empreintes digitales de Josh. Hauer était désolé.

Je ne cessais de penser à ce que Josh m'avait dit, juste avant l'arrivée de la police. Que nous étions tous les marionnettes de Noëlle. Que c'était elle qui avait suggéré de dénoncer Rick. Et il avait raison. Josh avait peut-être balancé le type, mais c'était Noëlle qui l'avait persuadé de le faire, ce jour-là, dans la voiture. Est-ce que cela avait un sens, ou n'était-ce qu'une chose de plus que Josh avait dite pour détourner mes soupçons ?

Qui disait la vérité ? Quelqu'un la disait-il seulement ? Ces gens-là savaient-ils encore où était la vérité ?

L'ordinateur de Natasha émit un bip. Je le regardai d'un air mauvais et m'aperçus qu'une fenêtre de messagerie instantanée s'était ouverte dans le coin. Je me redressai, en alerte.

Ce n'était pas possible. Je devais savoir.

Je me levai tant bien que mal et traversai la pièce comme une somnambule. Dans la fenêtre s'affichait un nom que je ne connaissais pas.

Fille à la perle : Reed ?

Mon sang se figea. Alors que je regardais l'écran, l'ordinateur bipa de nouveau. Un autre message apparut.

Fille à la perle : Reed ? Es-tu là ?

Je m'assis sur la chaise de Natasha. Ma bouche était pâteuse. Mes doigts tremblaient.

Rbrennan391 : Qui est-ce ?

Fille à la perle : Prouve que tu es Reed.

Mon cœur s'arrêta.

Rbrennan391 : Comment ?

Fille à la perle : Donne ton deuxième prénom, celui de ton frère et celui de ton chien. Tu as dix secondes.

Quoi ? Comment pouvais-je taper si vite alors que je tremblais de tous mes membres ?

Rbrennan391 : Myra, Scott, Hershey, QUI EST-CE ?

Il y eut un long silence. Je restai assise, pétrifiée, attendant que l'ordinateur me dise que Fille à la perle s'était déconnectée. Et soudain, un bip !

Fille à la perle : C'est Taylor. Quoi qu'elles te disent sur mon compte, n'en crois pas un mot. Ce ne sont que des mensonges, Reed. Il faut que tu me fasses confiance...

À suivre...

Cet ouvrage a été mis en pages
par DV Arts Graphiques à La Rochelle

Impression réalisée sur CAMERON par

CPI
Brodard & Taupin

La Flèche

en octobre 2008

pour le compte des Éditions Bayard

Imprimé en France
N° d'impression : 49697